In »Ruhm und Ruin« erzählt Imran Ayata davon, dass Fußball das Leben ist – für Spieler, Schiedsrichter, gescheiterte Jahrhunderttalente, aktive Ehrenamtliche im Verein und einen ganzen Stadtteil.

Im Zentrum des Romans steht ein türkischer, ehemals ziemlich erfolgreicher Kiezklub. Er verkörpert die Hoffnung (oder gar Utopie) der Migranten auf ein besseres Leben in einer urdeutschen Domain: dem Vereinswesen. Doch zwischen politischen Ansprüchen, dem Profifußball und den Ambitionen Einzelner werden viele Hoffnungen und Träume zerstört. Elf Menschen, deren Leben sich um den Kiezklub dreht, erzählen ihre Geschichten, und die Wahrheit liegt eben fast nie auf dem Platz.

Der Roman basiert auf dem Theaterstück »Liga der Verdammten«, das Imran Ayata zusammen mit dem Regisseur Neco Çelik im Frühjahr 2013 im Berliner Ballhaus Naunynstraße auf die Bühne brachte.

Imran Ayata, geboren 1969 in Ulm, ist Autor, DJ und Fußballliebhaber. Er lebt und arbeitet in Berlin und ist Gesellschafter einer Agentur für Kampagnen. Der Mitbegründer von Kanak Attak veröffentlichte 2005 seinen Erzählband »Hürriyet Love Express« und 2011 den Roman »Mein Name ist Revolution«. Bekannt ist er auch für die von ihm und Bülent Kullukcu zusammengestellte CD-Kompilation »Songs of Gastarbeiter Vol. 1«.

Imran Ayata

Ruhm und Ruin

VERBRECHER VERLAG

Erste Auflage
Verbrecher Verlag Berlin 2015
www.verbrecherei.de

Lektorat: Kristina Wengorz
Einbandgrafik und Satz: Christian Walter
Gesetzt aus der EB Garamond 12
Druck und Bindung: CPI Clausen & Bosse, Leck

ISBN 978-3-95732-125-1

Printed in Germany

Der Verlag dankt Carolin Trauter.

Für meine Weggefährten …

HIMMEL UND HÖLLE

Bam, bam, bam.

Bam, küt, bam.

Cem, Giuseppe und dann ich. Jedes Gefühl für Zeit hatten wir verloren, aber auf die Reihenfolge achteten wir trotzdem, wenn wir den Ball gegen die verputzte Hauswand donnerten, auf der ganz oben »Die Grenze verläuft nicht zwischen hier und dort, sondern zwischen mir und dir« stand. Mörderspruch, aber so hoch kamen wir mit der ollen Pille nicht. Manchmal kickten wir den Ball auf die Straße, wo meist auch der Überstolz meines Vaters parkte: ein knallroter Mercedes, dessen Motor so laut knatterte, dass einmal an der deutsch-polnischen Grenze ein Polenbulle unseren Wagen als Traktor disste. Mein Vater, der es für eine ausgezeichnete Idee gehalten hatte, dass wir einmal Auschwitz besuchten, konterte diese Zweite-Liga-Ostblock-Peinlichkeit und schenkte dem Grenzkontrolletti ein, er habe außer einem Esel nie ein anderes Fortbewegungsmittel besessen. Sein halbes Leben redete er von Toleranz und vom ewigen Frieden zwischen den Völkern, und dann so ein Frontalangriff von wegen: ihr Ostblockopfer, ihr seid doch das Letzte. Ich weiß gar nicht, wie ich auf die Geschichte an der Grenze komme.

Eigentlich ist das Ding ein anderes.

Also, zurück zu den Tagen, an denen wir ewig gegen die Hausmauer ballerten und es erst dann sein ließen, wenn wir nicht mehr konnten. Manchmal wurden unsere Beine so bleischwer, dass wir uns für den Nachhauseweg einen Rollator wünschten. Das muss man sich mal vorstellen: Wir mit einem Seniorencruiser, voll der Abturn. Jedenfalls flog der verdammte Ball auch mal in die Gefahrenzone, in das Beer-Reich. Die Beers waren keine Normalo-Familie in unserem Kiez. Die Beers waren kinderlose Nazis, die Giuseppe – wie alle Spackos, die ich kenne – Faschisten nannte. Wir haben uns gewundert, dass die nur zu zweit waren, obwohl die noch easy im zeugungsfähigen Alter waren, die Beers. Giuseppe meinte, Faschisten wie die Beers würden nicht Ficki-Ficki machen, sondern den ganzen Tag vor der Glotze abhängen, zwischendurch ans Fenster gehen, um die Straße zu checken und dabei eine halbe Schachtel Mentholzigaretten rauchen. Giuseppe, immer gut für einen Vorurteilsrap. Aber egal.

Einmal, als Getrud Beer vor der Haustür stand, schoss Giuseppe ihren Einkaufsroller ab. Die Nazitante hatte viel Flüssiges eingekauft, Milch, Saft, Schorle – solche Sachen. Mann, was für ein Treffer das war. Voll auf den Rentnerporsche. Ich meine, die Beer hätte ganz normale Einkaufstüten haben können, aber nein, schon voll in Vorbereitung auf die Seniorenjahre ging sie immer mit einem Roller shoppen. Nun lief alles aus. Was machten wir? Wie gestörte Minderbemittelte lachten wir uns einen und gaben ihr Tipps, sie möge das nächste Mal die Haustür schneller aufschließen und so.

Ein paar Tage später stellte mich ihr Mann. Siegfried Beer, Typ »Deutsche Eiche«: »Was habt ihr mit meiner Frau zu schaffen?«

Bin nicht sofort darauf gekommen, was er meinte.

»Antworte, Maradona!«

Ohne mein Gestammel abzuwarten, packte mich der Almangorilla mit so einem asiatischen Sumokampftechnikshit, und ich lag, bam, bam, bam, am Boden. Dann setzte sich der Typ auch noch auf mich. Es gibt echt Angenehmeres als einen röchelnden Almantonner, der einem die Luft zum Atmen nimmt. Ich habe versucht, mich zu befreien, aber gegen Eiche Siegfried stand ich auf verlorenem Posten.

Später auf der Wache haben die Bullen mir meine Version nicht abgenommen. Die fanden es auch nicht verdächtig, dass ich zuvor in der Notaufnahme gewesen war, um mich am Kopf nähen zu lassen. Die Strafanzeige meiner Eltern wegen Körperverletzung, zu der ich sie überreden musste, verkümmerte später in Aktenordnern. Was sollten wir tun? Wieder zur Polizei gehen und eine Bettelarie anstimmen?

Mein Vater hatte einen anderen Einfall, einen aus der Kategorie Selbstjustiz: Siegfried den Prozess machen, gemeinsam mit Giuseppes Altem – Cem lebte alleine mit seiner Mutter, die sich der Anhörung von Siegfried Beer nicht anschließen wollte. Eines Abends schaute das Babo-Duo bei den Beers vorbei. Was auch immer besprochen worden ist, eine klare Ansage muss dabei gewesen sein, denn die Beers zogen schon bald weg, und wir ballerten weiter.

Ich war einer der Auserwählten, bis mein Vater alles ruiniert hat. Eigentlich ist das in wenigen Worten die ganze Story. Mein Vater ist mein verdammter Ruin. Ich könnte zu seiner Entlastung anführen, dass er nicht der Einzige ist, der daran beteiligt war. Zuallererst natürlich auch diese Fehlgeburt von Gegenspieler, der an einem nasskalten Sonntagmittag ohne Rücksicht auf Verluste in den Zweikampf gegangen ist und mit seinen verfickten Jugotretern mein Knie zertrümmert hat. »Mann, Balkankrieg, das ist doch vorbei! Was ist los mit dir?«, hätte ich ihn anbrüllen sollen, aber das war nicht drin. Die Schmerzen waren zu krass.

Ich habe immer alles gegeben. Erst an der Hauswand, später dann im Käfig ein paar Straßen weiter. Jahrelang. Jeden Tag. Geburtstag, Schulferien, Ramadan, Weihnachten, nichts kümmerte mich. Solange ich auf den Beinen war, gehörte ich in den Käfig. Das war mein Zuhause, mit eigenen Regeln und Ritualen. Ein ungeschriebenes Gesetz lautete, dass die Kartoffelboys immer früher nach Hause gingen. Die hatten einen Stundenplan für ihr Leben, selbst die Kinder von Hartz-IV-Deutschen. Hausaufgaben machen. Zum Abendbrot antreten. Solche Sachen standen in deren Pflichtenheft. Mein Heft hatte nur eine Seite: Leben für den Fußball.

Es muss im Sommer gewesen sein. Da kam so ein Typ bei uns im Käfig vorbei und fragte, ob wir eine Mannschaft hätten. Ich meine, gib dir das mal. Macht aus der Distanz den Spanner und checkt nicht, was wir für ein Team sind. Aber egal. Er würde Jungs kennen, die bräuchten mal einen Gegner mit Eiern. Und was für Eier wir hatten!

Einen Tag später fuhren wir zu deren Käfig. Alarm, Alarm! Nur Kanaken – in deren Mannschaft, in unserer auch. Die waren einen Tick älter, stabile Kraftpakete, aber sie hatten keinen Schimmer, dass man mich in unserem Bezirk Pibe de Oro, Goldjunge, nannte.

Wie ein Türkenbengel zu einem spanischen Titel kommt? Das hat mit Maradona zu tun. Wer mich damals spielen sah, fühlte sich an Diego Armando Maradona erinnert. Ganz heißer Shit. Deswegen wollte man mich Diego rufen. Habe ich strikt abgelehnt. Heute schauen alle auf Messi, CR7, Ibra, Neymar, Götze und was weiß ich auf wen. Aber Maradona ist ein eigenes Universum. Noch immer unerreicht. Nicht einmal Zizou kam in seine Nähe. Maradona ist sogar für Gottlose Gott. Ich habe immer gesagt, das geht nicht, ihr könnt mich nicht Diego taufen, das wäre Gotteslästerung.

Im Käfigkrieg haben die anderen Jungs uns gefickt. Die hatten zwei Brüder in der Mannschaft, die waren scheiße stark, vor allem der ältere. Sein Bodycheck war eine Begegnung mit der Hölle auf Erden. Ich konnte ihr nicht entkommen. Wie auch, ehe ich irgendetwas tun konnte, lag ich im Koma-Style auf dem Boden. Verdammt, ich bin aufgestanden und habe weitergespielt, obwohl ich noch benommen war. Ich wollte das Feld nicht räumen – als ob ich gerade ein WM-Finale spielte. Die verfluchte Bande hatte kein Erbarmen. Mann, die haben uns wie Tucken über den Platz gescheucht. Ewig sind wir nicht an den Ball gekommen – und das auf einem Kleinfeld. Die ließen den Ball laufen, dass einem speiübel wurde. Nicht Tiki-Taka, sondern Ficki-Micki, voll die Erniedrigung. In deren verdammtem Käfig haben uns die beiden Brüder, ein Vollkörper-Tattoo-Araber, so ’n Balkankriegsflüchtlings-Kid und ein Freak-Iraner eine echte Lektion erteilt. Wir haben ohne Pause fünf oder sechs Partien gespielt und alle verloren. Aber egal.

Manchmal siegst du, obwohl du verloren hast.

Mit hängenden Schultern schlich ich aus dem Auswärtskäfig. Am Ausgang sprach mich ein Funktionsshirt-Heini an. Ich meine, als Frühpubertierender schiebst du Panik, wenn dich ein Fremder anspricht, ganz egal, was er anhat. Dann auch noch in einem anderen Bezirk. Aber die Christoph-Daum-Kopie lächelte freundlich und fragte, ob er mich nach Hause fahren könnte.

»Nein!«

Ich konnte gar nicht aufhören, sein Angebot abzulehnen. Der Typ hat geschnallt, was mit mir los war. Er drückte mir seine Visitenkarte in die Hand. Das war das erste Mal, dass ich eine in der Hand hatte. Ich weiß das so genau, weil man in unserem Kiez nicht mit Visitenkarten groß wird.

»Sag deinen Eltern, dass sie sich bei mir melden sollen. Ich möchte, dass du für uns spielst.«

Ich rannte erst zur Bahn, dann nach Hause. »Oh, wie ist das schön«, habe ich die ganze Zeit gesungen, so wie die Zuschauer im Stadion. Meine Eltern haben erst nicht verstanden, was das heißt, wenn ein Scout eines Bundesligaklubs an einem interessiert ist.

Es dauerte aber nicht lange, bis meinem Vater ein Licht aufging. Von da an lief bei ihm eine Bessere-Zeiten-Dauerschleife. Das war sowieso sein Tick, der Mist vom besseren Leben. Das hieß für Baba vor allem eins: Geld. Die Aussicht, mein Talent könnte Koffer voller Euros abwerfen, machte ihn schizo. Alles ging turboschnell, wie bei einem rasenden Konter, bei dem die angreifende Mannschaft eben noch mit dem Rücken zur Wand stand. Umschaltspiel eben. Ich kam zum Bundesligaklub, natürlich in die Jugend, und mein Alter gab Vollgas. Mann, der Typ gab plötzlich den Fußballkenner. Früher hatte er sich nullkommagarnicht für Fußball interessiert. Jetzt war er drauf, voll krass aufm Trip. Alles war Fußball. Aber nicht nur das. Der Typ wagte sich an eine urdeutsche Domäne: Vergangenheitsbewältigung. Er erzählte allen, dass er schon immer ein Fußballbesessener gewesen sei. Das machte mein Vater mit einer solchen Überzeugung, dass er irgendwann selbst daran glaubte. Vergessen war seine Ansage, ich solle vom Fußball lassen, dass sei eine Droge, die Körper und Seele kaputtmache.

Mein Goethe-Baba dichtet sich schon sein ganzes Leben etwas zusammen. Wäre irgendwie korrekt, wenn er es wenigstens nicht als Realität verbuchen würde. So krank geht mein Alter ab. Alle gegen ihn, keiner für ihn. Niemand gönne ihm und uns etwas, alle seien neidisch. Nicht er habe einen Knall, sondern die anderen. Nicht er habe meine Karriere zerstört, sondern ich sei das gewesen.

Ich weiß, ich wiederhole mich: Beim Fußball ging es meinem Vater nur um die Moneten. Bevor es für meinen Baba von der Dachterrasse mit Ausblick in den fensterlosen Keller ging, war er der Big Boss in der Familie, zumindest, wenn es um die wichtigen Dinge ging. Geld stand dabei für ihn uneinholbar auf Platz eins. Schließlich war er wegen der D-Mark nach Almanya gekommen und wegen des Euros geblieben. Die anderen in der Familie? Sie spielten alle in der gleichen Liga. Selbst Yasemin wurde irgendwann weich. Meine Schwester träumte davon, dass mit mehr Geld in der Familienkasse ihr Traum vom eigenen Modelabel wahr werden könnte. Ob das durch die Decke gegangen wäre? Spielt keine Rolle. Ich hätte es ihr gegönnt. Word.

Mir ging es beim Fußball nie um Kohle. Love und Cash, das geht nicht zusammen. Fußball war für mich die Liebe meines Lebens. Ich sage »war«, das passiert mir oft, weil ich so ein Gefühl habe, dass nicht mehr viel kommt – und das in meinem Alter. Aber egal.

So oder so, mit meinem Einstieg beim Bundesligaklub wurde Fußball zum Familiending. Mein Vater wurde mein Manager, meine Mutter meine Ernährungsexpertin, meine Geschwister meine Fans und Neider. Ich fand es einfach nur geil, dass ich plötzlich in einer anderen Liga spielte. Pibe de Oro in der Jugendmannschaft eines Bundesligaklubs, mit Trikots-Mikots, Stutzen-Mutzen, Taktik-Maktik und so; mit durchgeplanten Trainingseinheiten, einstudierten Spielabläufen, Gesundheitschecks, Eistonnen und Massagen und was weiß ich noch. In unserer Hood träumten alle davon, entdeckt zu werden. Jeder wollte raus aus Elend bis Mittelmaß und Star sein. Egal ob Voice of Germany oder DSDS, Nena oder Bohlen, alle lechzten nach der großen Bühne. Mich traf es besser. Ich hatte das Ticket zum Glück gelöst.

Als es so aussah, dass es mit meiner Liebe und mir etwas werden könnte, stand ich unter Dauerstrom, war auf einer Droge, die einem sonst keiner andrehen kann. Jedes Kanakenkind bei uns im Bezirk weiß: Willst du in Almanya Anerkennung und Respekt, musst du etwas Besonderes erreichen. Etwas, was nicht jeder packt. Für mich hieß das: Ich musste der beste Fußballer in meinem Jahrgang werden – nicht in unserer Mannschaft, nicht im Verein, nicht in der Stadt, nein, im ganzen Land. Ich hatte mir das sogar in Großbuchstaben an die Decke gesprayt. Wenn ich in meinem Bett lag, glotzte ich ständig auf dieses Ziel.

Mit der Liebe kam allmählich das Geld. Ich bekam als Jugendlicher jeden Monat einige Scheine dafür, dass ich Fußball spielte. Mörder. Mit der Liebe kam der Ruhm. Na ja, zumindest der Ruhm, der für einen Jungen aus meinem Bezirk eben drin ist. Unsereins schafft es sonst nur mit krummen Dingern mit viel Action und Drogenbiz in die Zeitung. Gut, mit Karriere in der Politik und Künstlershit geht auch was, aber das ist selten made in Kiez. Jedenfalls sah man mich immer häufiger in der Zeitung, später sogar im Fernsehen. Ich schrieb erste Autogramme, da war ich noch lange nicht volljährig. Ist doch klar, dass irgendwann bei mir der Film abging, dass ich dieses Jahrzehnttalent war, das viele in mir sahen.

Dann kam der DFB um die Ecke. Die DFB-Freds haben meinen Vater davon überzeugt, dass ich später für Deutschland auflaufen sollte. War nicht wirklich schwer. Lieber Euros als türkische Lira, so tickt mein Baba. Arda Toprak in der deutschen Nationalmannschaft. Mann, bei dieser Vorstellung drehten sie um mich herum durch. Okay, etwas übertrieben. Aber ehrlich, alle waren sicher: Bei mir, da geht was.

Plötzlich outeten sich alle möglichen Opfer als meine Entdecker und Förderer, vorneweg Komünist Yusuf, auch wenn ich für ihn nur den Balljungen gegeben hatte, als er früher die Erste trainierte. Irgendwann durfte ich selbst das nicht mehr sein, weil ich in den Halbzeitpausen seine Ersatzspieler nass machte. Die Zuschauer flippten aus, während ich die Heinis tunnelte und austrickste. Waren zwar nicht viele da, aber die, die da waren, gingen richtig ab. Komünist Yusuf fand das gar nicht lustig. Aber ich wette, er kann sich an meine Halbzeitpausenstunts nicht mal mehr erinnern. Der Typ ist wie mein Vater, erzählt die Storys so, wie es ihm passt, und ist genauso krank selbstsüchtig. Aber egal. Heute gibt Komünist Yusuf zu Protokoll, er habe gleich erkannt, dass ich schon als Kind ein Juwel gewesen sei, bla, bla, bla ... Wieso wird der Fucker eigentlich Komünist und nicht Megaloman Yusuf gerufen? Das würde viel besser zu ihm passen, so größenwahnsinnig wie er ist.

Mein Vater nahm die nächste Managerstufe und besuchte einen Englischkurs. Er sah sich schon bald bei Gehaltsverhandlungen mit Manchester United oder dem AC Milan, was beweist, dass er keinen Check hatte. Denn mit meiner Spielweise hätte ich nicht zu ManU gepasst, und in Italien spricht doch keiner Englisch. Ich fand ihn peinlich, aber was sollte ich mich davon ablenken lassen, wo ich doch dabei war, mich aus der Liga der Verdammten herauszuspielen.

Und dann? Dann verletzte mich eben ein Jugo-Treter folgenschwer. Das war gar nicht egal. Es war der Anfang vom Ende. Superkicker hin oder her, du kriechst erst mal monatelang in der Reha, brauchst noch mal Monate, bis du mit dem Lauftraining beginnst, und genauso lange, um wieder ins Training einzusteigen, dann weißt du, was die Stunde geschlagen hat. Dazu brauchst du keinen Schulabschluss. Mir war bald klar, dass nichts mehr so sein würde, wie es war. Plötzlich wurde die Angst zu meinem Gegenspieler auf dem Rasen. Anfangs wich ich jedem Zweikampf aus, aus Schiss, ich könnte mich wieder verletzen. Später wurde es besser, aber gut wurde es nie mehr. Ich bekam die verdammte Paranoia nicht mehr aus meinem Kopf.

Mein Vater wurde nervös. Er hatte alles auf die Karrierekarte gesetzt. Sogar seine Arbeit hatte er gekündigt. Vom Malocher zum Manager – mal ehrlich, wann schreibt das Leben solche Geschichten? Nicht für so Typen wie meinen Vater. Dieses Ab-durch-die-Decke-Märchen erzählen Bosse und Politiker, weil sie einem weismachen wollen, dass im Lift nach oben immer ein Platz frei sei. »Schau mich an, so kannst du auch werden.« »Wo ich stehe, kannst du auch sein.« Die Scheiße ist, dass die meisten diesen Mülltalk für Weisheiten des Propheten halten. Aber egal. Mein Vater wusste nicht mehr, wohin mit sich. Mann, er sah seine Aktien in der Kanalisation davonschwimmen. Vielleicht sah er mich deswegen schon bald wieder in Bestform. Er redete andauernd auf mich ein, es fehle nicht mehr viel, nur noch ein kleines bisschen, und ich wäre wieder der Goldjunge. Mein Baba konnte träumen, was er wollte. Ich fürchtete mich noch immer davor, mich wieder zu verletzen. Irgendetwas in mir war gestorben. Ich kann nicht genau sagen, was es war. Vielleicht die Liebe zum Spiel, die Lust, einen Pass in die Tiefe zu schlagen, der alle baff machte, der Stolz, den Zidane-Übersteiger eins zu eins nachmachen zu können, die Kunst, im Training mit verbundenen Augen von fünf Elfmetern mindestens drei reinzumachen, irgendein Instinkt-Minstinkt ging verloren.

Es sind üble Geschichten über meinen Bundesligaklub in Umlauf. Aber ich habe keinen Grund, mich zu beschweren. Der Verein war korrekt zu mir. Noch heute fickt mich der Gedanke, ob alles anders gekommen wäre, wenn ich den Bundesligaklub nicht verlassen hätte – was ich aber tat, weil mein Alter mich an unseren Kiezklub verkaufte. Warum ich das mitgemacht habe? Wenn dein Vater dein Manager ist, bist du ihm ausgeliefert. Es ist die Pest. Mir fehlte die Energie, wieder auf die Erfolgsspur zu kommen. Mir fehlte der Kick, es noch mal zu versuchen. Deswegen habe ich meinen Baba um Bedenkzeit gebeten.

»Lass uns nichts überstürzen.«

»Chancen muss man ergreifen. Dafür sind sie da.«

Es ist komisch, wenn der eigene Vater so labert. Alles ist fremd an dem, was er sagt und wie er es sagt. Manchmal habe ich gedacht, da steckt eine andere Person in meinem Vater.

Vielleicht täusche ich mich, aber es ist schwer im Kommen, auf Chancen zu setzen. Auch Giuseppe glaubt, dass, wenn das so weitergeht, irgendwann alles Chance ist. Der Kiez ist Chance. Die Stadt ist Chance. Das Land ist Chance. Wir sind Chance.

Dass mein Vater den Chancenflash hatte, verstehe ich. Weil er selbst nie eine richtige hatte, wollte er, dass ich durchstarte. Traurig ist nur, dass er den Flash nicht losgeworden ist. Weil mein Vater nicht mehr klarkommt, sucht er seit Neuestem Halt im Koran. Das ist der Oberkracher! Als wir Kinder waren, hat er uns mit seinem Scheißsozialismus terrorisiert, und jetzt kommt mein Vater mit dem Islam um die Ecke, nicht die Scharia-Dschihad-Schule, eher die Vor-sich-hin-beten-Show. Jahrelang hat er uns vor diesem »Opium« gewarnt, weil er Angst hatte, wir würden im Hindukusch oder sonst wo abtauchen. Auch das zeigt, wie wenig er von seinen Kindern weiß.

Jetzt, wo mein Vater im Dauerchat mit Allah ist, würde ich zu gerne wissen, was sein Big Boss oben dazu sagt, dass er mich am Ende gegen meinen Willen an den Kiezklub verhökert hat. Ich habe ihm das nicht verziehen. Selbst als ich ihn in der Klapse besucht habe, konnte ich nicht vergessen, dass er mich wie eine Immobilie verscherbelt hat. Mann, gib dir das mal, der eigene Vater!

Der Deal ging bei uns im Wohnzimmer bei Tee und Gebäck über die Bühne – wie in einem schlechten Türkenfilm, wenn die Familie des Bräutigams bei der Brautfamilie aufschlägt, um die künftige Schwiegertochter klarzumachen. Şefik Aslan vom Kiezverein tauchte mit einem Aktenkoffer mit Zahlenschloss in unserer Wohnung auf. Voll alte Schule. Der Präsident verlor nicht viele Worte, öffnete den Koffer und stapelte Geldscheine auf unserem Wohnzimmertisch. Alter, wie aufgeregt mein Baba beim Anblick der Kohle war. Er war so heiß, dass er rote Flecken im Gesicht bekam. So eine Art Money-Erektion erster Klasse. El Presidente hat es richtig genossen, dass die Scheine meinen Vater anturnten. Wahrscheinlich hat er meinen Vatermanager deswegen gebeten, sie nachzuzählen.

»Das ist nicht nötig«, behauptete mein Vater. Doch sein Blick verriet ihn.

»Doch, doch. Zählen Sie bitte nach.«

»Nein, wirklich nicht nötig.«

»Doch, doch, nun zählen Sie doch schon.«

»Nein, ganz im Ernst ...«

Die beiden hätten noch lange ihr Ping-Pong durchgezogen, wenn meine Mutter nicht eingeschritten wäre und meinen Vater aufgefordert hätte, der Bitte unseres Gastes nachzukommen. Die Summe stimmte.

Ansonsten stimmte nichts. Ich kam in eine Mannschaft, die keine war. Überhaupt: Was ist das für ein Verein, der nur noch von alten Triumphen schwärmt, aber ansonsten erbärmlich vor sich hindümpelt? Ein Klub, der nicht einmal eine Geschäftsstelle hat und jetzt im Kiez um Geld bettelt, damit er nicht endgültig in die Knie geht. Das nennen sie dann Rettungskampagne. Was Kampagne, 'lan? Es geht hier um Fußball, ihr Versager. Es ist wie immer: Kurz bevor die Endstation erreicht ist, hoffen alle im Verein, dass Komünist Yusuf den Laden wieder beatmet und ihm einen neuen Kick gibt. Träumt weiter! Wer nicht kapiert, dass im Fußball ein Einzelner nichts ausrichten kann, der ist früher oder später zum Untergang verdammt. Schau dir an, was in München passiert. Selbst wenn der Hoeneß im Bunker ist, macht es nichts. Das Uhrwerk läuft und läuft.

Aber was kümmert das Komünist Yusuf? Er genießt es, dass sie im Verein zu ihm aufschauen. Selbst die Frauenmannschaft tut das, wenn Komünist Yusuf bei ihnen aufkreuzt. Frauenpower – alles vorbei. Der Typ kann schalten und walten, wie er möchte.

Ich habe ihm mal gesagt, dass ich es nicht gut finde, dass Zafer im Verein abhängt und sie ihre Köpfe zusammenstecken. Mich interessiert Politik nicht. Ist nicht so mein Gebiet. Aber jeder in unserem Viertel weiß, dass Zafer ein PKKler ist. Wer weiß, wen der alles auf dem Gewissen hat. Was hat so jemand in einem Fußballverein zu suchen, he?

»Was hast du mit Zafer zu diskutieren? Der unterstützt die Kindermörder«, habe ich Komünist Yusuf gesagt.

»Komm in der Wirklichkeit an, mein Junge.«

»Was soll das heißen?«

»Die wollen Frieden.«

»Na und? Kindermörder bleiben Kindermörder.«

Komünist Yusuf wird es nicht packen. Auch seine besten Tage sind over. Was hat der Typ heute außer seinen Erfolgen aus den ersten Vereinsjahren, die längst Schimmel angesetzt haben, zu bieten? Und dann seine Karriere in der Türkei. Ein einziges Scheitern. Er kann froh sein, dass es damals noch kein Internet gab. Sonst wäre überall auffindbar, wie er geloost hat. Eine Saison in der ersten türkischen Liga, davon die meiste Zeit den Arsch auf der Ersatzbank wund gesessen, kein einziges Tor geschossen. In einer Kartoffelackerliga! Darüber verliert Komünist Yusuf natürlich kein Wort. Lieber labert er von seinen Plänen für den Klub. Seine Selbstherrlichkeit macht ihn blind, sonst würde er sehen, dass selbst ein Kiezklub inzwischen mindestens drei Nummern zu groß für ihn ist. Wie oft Komünist Yusuf mich von seiner Mission überzeugen wollte, weiß ich gar nicht mehr. Komünist Yusuf kennt kein Erbarmen. Aber egal. Er hat die Revolte gegen Geldkoffer-Aslan angezettelt und ihn am Ende aus der Hintertür gejagt. Im Verein sind inzwischen alle froh, dass es so gekommen ist. Für mich war das weniger geil, denn seitdem kriege ich kein Gehalt mehr, obwohl mir das vertraglich zusteht. Nicht einmal mehr das. Als sei es nicht Strafe genug, von untalentierten Möchtegernfußballern umgeben zu sein. Niemand von denen hat die Eier, mir direkt in die Fresse zu sagen, dass sie keinen Bock auf mich haben. Ihre verdammte Schadenfreude, Zeuge sein zu dürfen, wie Arda Toprak, der Pibe de Oro, nicht mehr hochkommt, bekomme ich trotzdem mit. Schon seltsam, dass ich mich ausgerechnet in unserem Kiezklub fremd fühle. Andererseits: Warum sollte es nicht so sein?

Das Aus in der Verlängerung kam, als ein Mannschaftskollege mir im Training aus vollem Lauf von hinten in die Beine grätschte. Das Opfer hat billigend in Kauf genommen, mich zu verletzen, auch wenn er das nie zugegeben hat. Komünist Yusuf hat ihm seine Version gleich abgenommen. Passte gut in seine Propaganda, von wegen: Wir sind ein Team, das zusammenhält, egal, was passiert. Dieser Wichser, der mich zum Krüppel getreten hatte, schickte mir eine

Woche später eine WhatsApp-Nachricht. Damit war die Sache für ihn erledigt, für alle anderen in der Mannschaft und Komünist Yusuf auch.

Und für mich? Fußball? Aus und vorbei. Eigentlich hätte ich durchdrehen müssen, aber das hat mein Vater übernommen. Erst hat er versucht, sich von seiner Schuld reinzuwaschen, mich an den Kiezklub verkauft zu haben. Es fiel meinem Vater schwer, das Schicksal hinzunehmen. Voll panne. Er bettelte um einen Termin beim besten Sportmediziner Deutschlands, in der Hoffnung, der Wunderdoc würde mich hinkriegen. Doch auch seine Diagnose war kein Upper. Zu Hause waren alle geknickt. Depressionsblues an allen Fronten. Plötzlich wieder alles auf Null. Mein Vater Ex-Manager, meine Mutter keine Spielermama mehr, und Yasemin wusste, dass kein Geld für ihr Modelabel fließen würde. Und Burak? Mein Bruder war wie immer auf seinem eigenen Planeten. Manchmal habe ich den Eindruck, dass er ganz einverstanden damit war, dass ich wieder auf den Boden der Realität zurück musste.

Wir Topraks sind keine normale Familie, aber welche ist das schon? Bei uns macht jeder sein Ding. Wir sprechen nicht miteinander, wenn es wichtig ist. Ich meine, deutsche Familien halten Versammlungen ab, selbst wenn sie einen Urlaub planen. Bei uns haben meine Eltern die Route vorgegeben: auf nach Türkiye. Als wir keine Kinder mehr waren, haben sie ohne uns dort Ferien gemacht. Wir Topraks sind außerdem ziemlich gut darin, schnell ein neues Kapitel aufzuschlagen. Trotzdem staunte ich nicht schlecht, wie alle, außer meinem Vater und mir, wieder zurück auf Los gingen. Aber am übelsten erwischte es meinen Baba. Er war fix und foxi, dass sein Prachtkerl dem Profifußball Ciao gesagt hatte.

Und ich? Keine Ausbildung, mäßiger Schulabschluss, keinen Job, kaum Freunde. Kein Wunder: Ich hatte ja nur für meine Liebe gelebt. Dass ich dann keine Panikattacken geschoben habe, verdanke ich ein bisschen Oliver. Ich hing eine Weile viel mit ihm ab. Wir waren unschlagbar gut darin, Einfälle zu haben, die andere scheiße fanden. Autoauspuffe mit Zucker füllen und dann mit Kondomen überziehen, Aspirin, Bananenschalen und Tabak zu einem Joint zusammenrollen und als das ganz große neue Drogending an Leute hier verticken. Okay, das machen andere in der Pubertät – aber egal. Oliver hatte immer etwas am Laufen. Er machte Markenklamotten aus teuren Läden klar, und ich verhökerte sie bei uns mit Kiezrabatt. Die Leute dachten, ich würde meine Altkleider aus besseren Zeiten los. Das mit Oliver hätte noch weitergehen können, schade nur, dass er als Kiezaussteiger die Biege machte und sich ausgerechnet in Krefeld niederließ.

Dann hat mich so eine Sozialarbeiterfratze bearbeitet: »Wirf dein Leben nicht weg. Es ist zu kostbar.« Der hatte einen krassen Jesuston drauf.

Als Fußballer hast du Disziplin irgendwann in den Genen, selbst einem Straßenfußballer wie mir haben sie das eingeimpft. Aber was dann kam, war eine andere Nummer: aufstehen, wenn andere vom Ausgehen nach Hause torkeln, Kommandos vom Bäckermeister anhören und wie ein Opfer Teig kneten. Zum Glück konnte ich die Bäckerkarriere bald wieder vergessen, weil der Laden, an den mich der Sozialarbeiter vermittelt hatte, von der Pleite geküsst wurde. Heute Bäckerei, morgen Back-Shop. Weißt du Bescheid. Also sagte ich Bye-bye zum Backwarenwahnsinn. Was hätte das bringen sollen, ganz unten zu meinem neuen Ding auszurufen? Also habe ich das eine oder andere auf den Weg gebracht: hier und da ein Deal, ein bisschen Fußballwetten, Old-Star-Kanaken in Pflegeheimen durch die Gänge schieben, solche Sachen eben. Der Sozialarbeiterjoe hatte am Ende dann aber auch keinen Geistesblitz.

»Trainiere, arbeite an dir. Glaub an dich«, meinte Komünist Yusuf, als wir vor ein paar Tagen gemeinsam auf die S-Bahn warteten. Ich hätte es eigentlich bei einem knappen »Merhaba« belassen, aber die scheiß Bahn kam und kam nicht, und so kamen wir beide ins Gespräch. Ich habe es ihm nicht gesagt, aber Komünist Yusuf kann seine Trainerweisheiten zwischen seinen kommunistischen Arschbacken parken. So redet einer, der nicht zweimal kaputtgetreten, verraten und verkauft wurde. An sich glauben und brav trainieren, das soll das Rezept für ein Comeback sein. So ein Bullshit.

WINTER UND FRÜHLING

Was mir durch den Kopf geht? Dieses Lied. Es will mir einfach nicht mehr aus dem Kopf.

Eines Morgens habe ich aus dem Fenster geschaut und einen jungen Mann auf einer Parkbank sitzen sehen. Er rauchte eine Zigarette. Die Sonne schien ihm ins Gesicht. Mit der einen Hand versuchte er, sich vor den Sonnenstrahlen zu schützen, in der anderen hielt er die Zigarette. Alles wirkte friedlich. Nachdem er sie ausgemacht hatte, fing er an, wie besessen Sonnenblumenkerne zu knabbern. Der Kapuzenträger spuckte mit der Zeit die Schalen immer schneller aus. Wie im Akkord. Bald bildete sich um seine Füße ein Sonnenblumenkernschalenteppich. Während ich ihn beobachtete, kam in mir allmählich die Lust auf rauszugehen. Das hatte ich seit Wochen nicht freiwillig getan. Ich war nur vor die Tür getreten, wenn mir eine Krankenschwester oder ein Arzt das verordnete.

Im Krankenhaus ist es ein bisschen wie im Gefängnis. Was man darf und nicht darf, ist geregelt. Es gibt andere, die über einen wachen. Die Krankenschwestern und Ärzte meinten, frische Luft täte mir gut, Bewegung auch. Ich glaube nicht, dass es sie ernsthaft kümmerte, wie es mir ging. Warum hätten sie mich sonst mit Tabletten ruhiggestellt? Ich hatte keine Ängste, Panikattacken oder Verfolgungswahn, wie sie behaupteten, keine paranoiden Zustände. Allah ist mein Zeuge, es war zum Wahnsinnigwerden, ich war doch nur müde und wollte ein paar Sorgen wegschlafen.

An jenem sonnigen Morgen aber zog ich mir eine Trainingsjacke über, die mir Arda von einem Training beim Bundesligaklub mitgebracht hatte. Es war eine besondere Jacke, aus einer Sonderkollektion oder so etwas in der Art. Ich schlich unsicher über den Gang. Jeder Schritt fiel mir schwer. Das ist doch nichts Außergewöhnliches, oder? Als ich es endlich bis zur Parkbank geschafft hatte, reichte mir der junge Mann wortlos eine Zigarette. Jetzt küsste die Sonne auch mein Gesicht. Ich schloss die Augen, genoss die Sonnenstrahlen und das Nikotin. Sonne und Nikotin – welch traumhafte Kombination! Als ich die Zigarette ausdrückte, stellte er die Papiertüte mit den Sonnenblumenkernen zwischen uns auf die Bank. Der junge Mann mochte es offensichtlich zu teilen, nicht aber zu sprechen. Er lächelte und sagte noch immer kein Wort. Auch ich schwieg. Das Reden mit Verstummten ist sinnlos. Ein Selbstgespräch am helllichten Tag auch.

Wenn das Klinikpersonal das mitbekommen hätte, wäre ich womöglich ans Bett gefesselt worden. Sie machten dort solche Sachen, eine Haftanstalt eben.

Als keine Sonnenblumenkerne mehr übrig waren, stand mein Parkbankbekannter auf, faltete die Papiertüte zusammen, lächelte noch einmal ausgesprochen freundlich und ging seines Weges. Dabei sang er sehr leise dieses Lied vor sich hin. Seitdem begleitet es mich. Es ist ein altes Lied. Ich kenne es seit meiner Jugend. Aber dieser junge Mann hat es auf eine ganz eigene Art gesungen. Vielleicht habe ich es auch deswegen im Ohr, weil er auch später niemals sprach, aber eben immerzu dieses Lied sang. Leise, so als gäbe er ein Konzert nur für sich. Was Allah mit uns Menschen macht, bleibt sein unergründliches Geheimnis. So sollte man es sehen.

Auch als ich vor etwa einem halben Jahr die Klinik verlassen habe, sang ich immer wieder meine Lieblingszeile aus dem Lied: »Jedem Winter folgt der Frühling.« Es ist unbeschreiblich, wozu Dichter in der Lage sind. Wie kann man für Hoffnung nur ein so schönes Bild finden? Der Frühling ist für mich zwar noch weit weg, aber ich werde nicht müde, ihn mir herbeizubeten. Das Gebet wird immer notwendiger. Denn die Welt ist aus den Fugen geraten – Almanya längst auch. Ich warte, bis es hier knallt, ein terroristischer Anschlag auf eine Zeitschrift, ein Selbstmordattentat, irgendetwas in dieser Richtung. Ich würde nichts mehr ausschließen. Ehrlich nicht. Aber Allah möge uns davor schützen.

Meistens bin ich zu Hause, sitze in meinem Sessel im Wohnzimmer und starre Löcher in die Luft. Manchmal wird es mir des Trübsals zu viel, und ich versuche es mit Fernsehen. Aber selbst auf Tabletten ist das TV-Programm schwere Kost. Wenn es nicht mehr auszuhalten ist, gehe ich um den Block, was ich aber nicht gern mache. Nachbarn, Bekannte oder Freunde, denen ich draußen über den Weg laufe, geben mir das Gefühl, dass irgendetwas mit mir nicht stimmt. Unsere Nachbarschaft ist Deutschlands größte Lästerhölle. Ständig wird getratscht. Es ist ein Virus, den alle in sich tragen und weitergeben. Jetzt reden sie über mich. Bei Allah, was gibt es über mich zu reden? Warum lässt man einen ehrenhaften Mann wie mich nicht in Ruhe? Wem habe ich denn geschadet? Als würden diese lästigen Lästereien nicht reichen, setzen sie auch noch die Lüge in die Welt, ich sei ein Deli, ein Verrückter. Stellen Sie sich das vor: Die Leute halten mich für verrückt. Sie nennen mich jetzt Deli Fikret. Es ist eine gottlose Verschwörung.

Aber ich bin nicht verrückt. Ich bin nicht verrückt. Verrückt bin ich nicht.

Warum maßen sich diese Menschen überhaupt ein solches Urteil an? Wegen des Vorfalls am Kiosk?

Nein, wenn Fremde das tun, stört es mich nicht so sehr, also schon, aber es berührt mich nicht im tiefsten Inneren. Aber die eigenen Kinder? Was ist nur aus Burak, Yasemin und Arda geworden? Sie haben doch miterlebt, wie mich damals Komünist Yusuf und ein paar seiner Vasallen vor dem Kiosk überrumpelten und panisch Polizei und Krankenwagen riefen. Am liebsten hätten sie mich eigenhändig in die Klinik gebracht. Gut, nur Arda hat das mit eigenen Augen gesehen, aber er wird es seinen Geschwistern erzählt haben. Jedenfalls war das eine sehr hinterhältige Nummer von Komünist Yusuf und seinen Kameraden. Aber auch das überlasse ich Allahs Urteil. Es wird ein gerechtes Strafmaß sein, das Komünist Yusuf und seinen Verbündeten zuteilwerden wird. Dass Komünist Yusuf sich kürzlich nach meinem Zustand – er hat es genau so genannt – erkundigt hat, ist, wie es scheint, Zeugnis seiner Furcht vor Allah. Kommunist hin oder her.

Ich will nicht klagen, das wäre unangemessen gegenüber Allah, aber ein einfaches Los ist das wahrhaftig nicht. Esra und ich wollten, dass sich unsere Kinder der Schule und den Büchern widmeten. Wir waren uns einig: Wenn unsere Kinder es irgendwann besser haben sollten, dann würde das nur mit besserer Bildung gehen. Burak, Yasemin und Arda sollten eine Lehre machen und Facharbeiter werden – wie unsere deutschen Vorgesetzten. Nur Maloche, das führt zu nichts. Unser eigenes Leben ist der beste Beweis dafür. Unzählige Nächte haben wir wach im Bett gelegen und davon geträumt, dass unsere Kinder die Universität besuchen würden. Das war aufregend und romantisch. Es war das Glück, das ich mit Esra teilte. Wie eine Geheimsprache zwischen uns beiden, die um uns herum kaum jemand verstand. Deutsche Ehepaare schließen Eheverträge, die alles Finanzielle regeln. Wir hatten einen Pakt für eine bessere Zukunft unserer Kinder geschlossen. Wenn eines unserer Kinder ein Studium angefangen hätte, dann wäre es das erste aus unserer Großfamilie gewesen, das einen Hörsaal von innen gesehen hätte.

Machen wir uns nichts vor, es gibt in Almanya für unsereins nur eine starke Währung: Erfolg. Damals wie heute. Erfolg bringt Anerkennung. Natürlich geht es auch ums Geld. Es geht im Leben immer darum. Wenn jemand behauptet, dass Geld keine Rolle spiele, dann nur, weil er genug davon hat. Esra und ich konnten das von uns leider nie behaupten. Warum waren wir denn nach Deutschland gekommen? Wegen des Wetters? Der Freundlichkeit der Deutschen? Plötzlich tun alle so, als ob es uns in dieses Land verschlagen hätte, um es bunter zu machen. Menschen können das nicht. Sie sind keine Farben.

Sie sollten mal Zaungast bei unserem Fußballverein sein. Seit Jahrzehnten geht es um Integration und bunte Vielfalt, um dies und das. Wenn Richard Bachmann, den wir Türk Richard getauft haben, den ganzen Tag darüber plappert, dann verstehe ich das. Das ist irgendwie seine Aufgabe. Was aber wollen mir Andrea Engels und Angela Brandt sagen? Was ist in all die anderen im Verein gefahren? Die sollen sich um Fußball kümmern und nicht Parlament spielen.

Aber es geht ja nicht um den Verein. Esra und ich haben gerackert und gespart, aber auf dem monatlichen Kontoauszug nie Land gesehen. Es sollte unseren Kindern anders ergehen. So haben Esra und ich uns das ausgemalt. Bei Allah, was ist daran falsch? Wir waren bereit, alles dafür zu tun, damit sie Erfolg haben. Aber das Leben ist kein Wunschkonzert. Es ist unerbittliche Arbeit, die wir nicht leisten konnten. Es scheiterte schon daran, dass wir unseren Kindern nicht bei ihren Hausaufgaben helfen konnten, weil unser Deutsch dafür nicht ausreichte. Es ist sinnlos, seine Schwächen vor Allah zu verheimlichen. Deutsch war nicht das einzige Problem. Leider reicht es nicht, die Schule des Lebens absolviert zu haben, um den eigenen Kindern den Weg zu weisen, denn dort lernt man weder chemische Formeln noch etwas über das Mittelalter. Aber Allah ist mein Zeuge, wir haben uns nach unseren Möglichkeiten bemüht. Wir legten von dem wenigen Geld, das wir hatten, etwas zur Seite, damit wir Burak und Yasemin zur Nachhilfe schicken konnten. Große Ambitionen hatte Burak nicht, aber er sträubte sich nicht dagegen. Esra motivierte Yasemin mit dem Trick, dass die besten Modedesigner alle studiert hätten. Ich weiß nicht, ob unsere Tochter sie nicht durchschaut hat. Widersprochen hat sie ihrer Mutter nicht, wahrscheinlich aber wusste sie es besser. Yasemin geht den Sachen schon immer auf den Grund. Deswegen ist sie heute so viel im Internet. Für Yasemin ist das Internet immer die erste Adresse, wenn sie eine Antwort sucht – sogar auf die Frage, wie es ihr geht. Ich bin nicht gegen Fortschritt. Warum auch? Ich habe viel Geld bezahlt, um Englisch zu lernen, und habe erst viel zu spät von Yasemin erfahren, dass man Sprachkurse im Internet machen kann, manche sogar umsonst.

Bei Arda war in Sachen Schule hingegen nichts zu holen. Wir konnten sagen und tun, was wir wollten, ihn von seinem Ball zu trennen, war fast ein Ding der Unmöglichkeit. Er nahm ihn manchmal sogar zum Schlafen mit ins Bett. Statt Hausaufgaben zu machen, verschwand er im Sportplatz-Käfig und kickte mit seinen Kumpels bis in die Dunkelheit. Ich weiß gar nicht, wie oft ich ihn dort rausgeholt habe, damit er endlich nach Hause kam.

Auch wenn mich Ardas Enthusiasmus für Fußball damals alles andere als begeisterte, war ich immer an seiner Seite, wenn es darauf ankam. Auch als der Nazi Beer ihn verdroschen hatte. Hätte Esra sich damals nicht vor mir aufgebaut, ich hätte Beer eine Lektion erteilt, die er bis an sein Lebensende nicht vergessen hätte. Stattdessen gingen wir den deutschen Weg und erstatteten bei der Polizei Strafanzeige wegen Körperverletzung. Ich habe Esra prophezeit, dass das nichts bringen würde. So kam es auch. Weil nichts passierte, beschlossen Giuseppes Vater Salvatore und ich, der Sache selbst nachzugehen. Als der Nazi Beer uns die Tür öffnete, stürmten wir in seine Wohnung und stellten ihn zur Rede. Wortführer war Salvatore, ich stand daneben mit einem Nudelholz in der Hand. Wir müssen ziemlich überzeugend gewirkt haben. Salvatore, der mit noch stärkerem italienischen Akzent als sonst etwas von seinen Kontakten fabulierte, und ich, der ich mit finsterem Gesicht die Holzwaffe schwang, während der Nazi Beer mit beiden Händen sein Gesicht schützte und zu schluchzen begann. Unser Besuch zeigte Wirkung. Die Beers zogen weg. Niemand in der Nachbarschaft hat sie jemals vermisst.

Dann tauchte Peter Schneider bei uns auf. Der Talentscout schwärmte von Arda. Unser Sohn sei ein außergewöhnliches Fußballtalent. Er verfüge für sein Alter über enorme fußballerische Fähigkeiten. Vor allem am Ball sei Arda eine Wucht. Der Ball klebe ihm am Fuß. Das habe er so noch nicht gesehen. Arda könne ein großer Fußballer werden, wenn man ihn nur richtig fördere und weiterentwickle.

»Bei uns wäre Arda in besten Händen«, versicherte Peter Schneider, der anders als die meisten Deutschen war, mit denen wir sonst zu tun hatten. Ihm war nicht gleichgültig, was wir dachten und was wir zu sagen hatten. Herr Schneider hörte uns geduldig zu. Er nahm uns ernst und behandelte uns mit Achtung. Ohne dass wir es merkten, waren wir schon bald dabei, konkret über Ardas Zukunft zu sprechen. Man könnte Esra und mir vorwerfen, wir seien naiv und gutgläubig gewesen, Herr Schneider hätte auch ein Schwindler sein können. Aber das war er nicht. Alles, was Herr Schneider sagte, klang sinnvoll und vernünftig. Vor allem hat uns überzeugt, dass der Bundesligaverein großen Wert darauf legte, dass die Jugendspieler neben dem Fußball weiter zur Schule gingen oder eine Ausbildung machten. Als Peter Schneider ging, lief Arda wie ein aufgescheuchtes Huhn in der Wohnung auf und ab. So glücklich hatten wir ihn noch nie erlebt.

Es war ein bisschen wie im Traum. Arda trainierte nun bei einem Bundesligaklub. Unser Leben erfuhr eine Wendung, so als ob wir nie mehr über den Winter klagen müssten, sondern ununterbrochen Frühling haben würden. Alles schien sich zum Besseren zu wenden.

Geschenkt gab's das nicht. Das neue Leben verlangte Arda viel ab. Auch ich war gefordert. Von da an war es für mich selbstverständlich, dass ich in seine Fußballwelt eintauchen und alles über Fußball wissen musste. Ich blätterte jede Woche im Kicker, las täglich die Sportseiten türkischer Tageszeitungen und die BILD, abonnierte 11 Freunde und begann, mich mit dem Internet anzufreunden. Yasemin hatte recht: Dort findet man alles, was man sucht. Natürlich besuchte ich Fußballspiele im Stadion, was mir neue Welten eröffnete. Ich verpasste kaum ein Training von Arda. Schon bald wurde ich sein Manager – eine Alternative dazu gab es eigentlich nicht, und Arda hatte nichts dagegen. Ich habe ihn selbstverständlich gefragt, ob er ein Problem damit hätte, wenn ich mich um die bürokratischen und finanziellen Dinge kümmerte. Arda war einverstanden.

Ich hatte gar keine andere Wahl. Selbst wenn Arda Bedenken gehabt hätte, was hätte ich tun sollen? Ihn profitgierigen Haien ausliefern, die sich Spielerberater nennen, damit sie uns abzocken? Undenkbar. Aufrichtige Menschen wie Peter Schneider sucht man im Fußball wie die Nadel im Heuhaufen, wie man so schön sagt. Wie sonst kann man es sich erklären, dass Fußballfunktionäre mit Uhren aus Katar ausgestattet werden, damit sie dafür sind, dass die Fußball-WM in diesem Emirat stattfindet. Als Außenstehender hat man keine Vorstellung, wie viele Manager und Spielerberater bei Transfers krumme Geschäfte machen und an den Finanzbehörden vorbei Hunderttausende oder Millionen von Euros zur Seite schaffen.

Dagegen ist mein letztes Geschäft mit unseren Kiezklub kaum der Rede wert – zumal ich im Anschluss mit unserem Präsidenten Aslan einen vernünftigen Weg gefunden habe, die Geschäftsabwicklung im Nachhinein in die Bücher aufzunehmen. Mit den Finanzbehörden gibt es also in Bezug auf Ardas damaligen Transfer kein Problem. Bei Allah, Schwarzgeld oder Geldwäsche gehörte niemals zu meiner Geschäftspraxis. Ich war einfach nicht darauf vorbereitet, dass Präsident Aslan mit einem Koffer Geld bei uns aufschlug. Ich hätte keinen Cent angenommen. Aber als Esra mich drängte, die Scheine nachzuzählen, wurde ich doch weich. Das muss ich zugeben. Aber vor Allahs Urteil habe ich deswegen keine Angst.

Heutzutage geht alles sehr schnell. Es dauerte nicht lange, bis sich sogar in der Türkei herumsprach, was für ein Ausnahmetalent Arda war. Als er in der Jugendmannschaft des Bundesligavereins erste starke Leistungen ablieferte, rief mich Yasemin an ihren Computerbildschirm und zeigte mir die Berichte darüber. In diesem Internet ist wirklich alles.

Ziemlich bald machte ich die Bekanntschaft von türkischen Managern und Spielerberatern. Ein ganz besonderer Menschenschlag.

Ihnen habe ich nie über den Weg getraut. Ihren Versuchungen und Verlockungen bin ich nie erlegen. Sie führten mich zum Essen in noble Restaurants aus, von deren Existenz ich nichts geahnt hatte. Und was für Restaurants! Die Speisen so ausgefallen, dass ich nicht wusste, wie ich sie essen sollte. Türkische Fußballmanager gaben mir unzählige Getränke in Hotelbars aus. Früher trank ich Alkohol. Damit habe ich aufgehört, als ich den Weg zu Allah fand. Wenn es damals spät wurde, fragten sie mich nach besonderen Wünschen. Anfangs war mir schleierhaft, was sie meinen könnten. Es stellte sich heraus, dass es um Sex ging. Escortdamen oder Bordellbesuch, ich könnte frei wählen, versuchten sie, mich zu locken. Das eine oder andere Mal stellten sie mich aber auch vor vollendete Tatsachen. So machte ich unerwartete Bekanntschaften und neue Erfahrungen, die aber Ausnahmen blieben. Die türkischen Manager redeten ohne Punkt und Komma auf mich ein und hatten immer etwas zum Unterschreiben dabei. Zum Glück ist es nie zu einer Unterschrift bei einem Verein aus der Türkei gekommen.

Dass Komünist Yusuf überall unverfroren streut, ich hätte meinen Sohn nach seiner zweiten Verletzung wie Ramschware türkischen Vereinen angeboten und um einen Vertrag gebettelt, auch dafür wird er sich vor Allah verantworten müssen. Es ist mir unerklärlich, wie man sein eigenes Scheitern so verarbeiten kann. Was können wir denn dafür, dass er in der Türkei als Fußballprofi kläglich gescheitert ist? Komünist Yusuf hat es nie wirklich verkraftet, dass Arda ein so begnadeter Kicker ist, der beste türkische Spieler aller Zeiten aus unserer Stadt. Trotzdem verstehe ich nicht, wie man sein ganzes Leben lang Solidarität vorbeten und gleichzeitig Konkurrenz leben kann. Spätestens als Arda zu seinem ersten Kurzeinsatz in der Bundesliga kam, war die Fußballlegende Komünist Yusuf Geschichte. Wer verschwendete da noch einen Gedanken an ihn und seine Fußballkünste aus der Oberliga früher? Außer einigen Idioten in unserem Verein niemand.

Damals sah es so aus, als würde Arda es schaffen. Für Experten stand außer Frage, dass Arda es schnell zu mehr Einsätzen in der Bundesliga bringen würde. Der eine oder andere sprach sogar von einer internationalen Karriere.

Doch dann kam die Verletzung, die so schwerwiegend war, dass dieser Traum wie ein Luftballon zu platzen drohte. Ich stemmte mich mit aller Kraft gegen dieses Schicksal. Ich tat alles dafür, damit Arda wieder fit wurde. Wäre ich nicht so hartnäckig gewesen, wäre er nicht vom besten Sportmediziner der Welt untersucht worden. Die Verantwortlichen seines Klubs hielten sich vornehm zurück. Ihre medizinische Abteilung sah es nicht gern, dass Arda bei einem Kollegen war, der einen solch ausgezeichneten Ruf hatte. Was kümmerten mich deren Beklemmungen? Immer geht es um Konkurrenz. So ist Fußball. Aber mir ging es um meinen Sohn. Als sein Manager hatte ich seine Zukunft im Blick, selbstverständlich auch seine finanzielle. Man muss kein Fachmann sein, um zu begreifen, dass Fußball ein grenzenloses Geschäft ist. Wie blöd hätte ich sein müssen, um nicht mitverdienen zu wollen? Wenn ich es nicht schon vorher geahnt hätte, spätestens jetzt wusste ich: Geld ist geruchsneutral, es stinkt nicht. Arda musste sich keine Gedanken um das Geld machen. Warum auch? Es gab ja mich! Er sollte sich voll auf den Fußball konzentrieren.

Heute macht mir mein eigener Sohn schwere Vorwürfe. Das setzt mir zu. Zuweilen tröste ich mich damit, dass Arda jetzt anscheinend seine verlorene Jugend nachholt. Vielleicht unterstellt er mir deswegen plötzlich Geldgier und andere Hässlichkeiten. Ich bete, dass er irgendwann mit Vernunft, Ehrlichkeit und Furcht vor Allah zurückblickt. Arda ist kein schlechter Mensch. Eines Tages wird er erkennen, dass es ihm schon nach der ersten Verletzung an echtem Willen fehlte, sich wieder aufzurichten. Es ist mir noch immer unbegreiflich, wie Arda sein Talent so mit Füßen treten konnte. Das war Verrat an sich selbst und an seinem von Allah geschenkten Talent. Das war Verrat an unserer Familie. Das macht mich bis heute fassungslos und wütend. Damals unterstützte ich Arda unermüdlich. Ich sagte ihm, alles würde wieder werden wie früher, aber er raunzte mich nur an: »Nichts wird so, wie es war.«

Arda begrub seine eigene Zukunft – und die unserer Familie gleich mit. Allah ist mein Zeuge, Arda hat mir eröffnet, dass es für die Bundesliga und den Profifußball nicht mehr reichen würde.

Just zu dieser Zeit nahm Präsident Şefik Aslan mit mir Kontakt auf. Sein Konzept für den Klub überzeugte mich auf Anhieb. Inzwischen konnte ich das ganz gut beurteilen. Şefik Bey hatte nicht nur eine Vision, er hatte auch Geld, das er in den Verein stecken wollte. Das kam für unseren Hirtenklub einem Lottogewinn gleich. Şefik Bey war nicht einer von diesen Döner-Unternehmern. Er war ein gestandener Geschäftsmann. Er gab sogar einigen Deutschen Arbeit. Ihm schwebte eine Mannschaft aus Talenten und ehemaligen Profis aus der Bundesliga sowie der türkischen Süper Lig vor. Ein Erfolg versprechendes Konzept, wie selbst viele seiner Gegner einräumten. Noch vor der Mitgliederversammlung, die ihn zum Präsidenten küren sollte, wollte Şefik Bey mit uns einen Vorvertrag unterzeichnen. Der sollte ihm bei der Wahl zusätzliche Stimmen bringen. Şefik Aslan war sich sicher, dass Arda zur alten Form zurückfinden würde. Dass er an meinen Sohn glaubte, gab am Ende den Ausschlag dafür, dass ich dem Deal zustimmte. Überhaupt mochte ich Şefik Bey. Der

Mann war zweifelsfrei besser als seine Neider einen glauben machen wollten. Er ließ sich von nichts und niemandem beirren. Şefik Bey war ein begnadeter Mutmacher. Immer wieder betonte er, dass wir in Almanya viel bewegen könnten, wenn wir uns mehr anstrengen und besser zusammenhalten würden.

Die Sache mit dem Zusammenhalt habe ich ihm zwar nicht abgenommen – wenn ein Unternehmer davon redet, dann heißt das nichts Gutes –, aber Şefik Aslan selbst war der Beweis, dass man es in diesem Land weit bringen konnte. Ein paarmal war er sogar Gast in Fernsehtalkshows und pries Migranten als »Fundament der Zukunft« Deutschlands. Was für ein leuchtendes Vorbild. Bei einer Veranstaltung bei uns im Bürgerhaus sagte er: »Es wäre töricht, wenn Deutschland nicht in der Lage wäre, diese Potenziale für sich auszuschöpfen.« So sprach eben ein erfolgreicher Unternehmer. Türk Richard hatte die Diskussionsveranstaltung organisiert, und alle im Verein waren quasi zwangsverpflichtet worden, dort aufzutauchen. »Ist Multikulti tot? Es lebe Multikulti!«, lautete der Titel. Außer Şefik Aslan stand auch Angela Brandt auf der Bühne. Sie hat sehr schön gesprochen über das Zusammenleben von allen. Doch, in unserem Verein haben wir viele, die gute Reden halten können.

Ohne Arda wäre ich nie zum Fußball gekommen und hätte weder die guten noch die schlechten Erfahrungen gemacht. Aber seine Karriere hat mich sehr geschlaucht. Mir blieb kaum Zeit für etwas anderes. Ich vernachlässigte alles, auch meine Familie. Vielleicht ist es Allahs Strafe, dass ich heute mit leeren Händen dastehe. Arda hat es besser. Er ist noch jung und hat alles noch vor sich. Das sage ich, weil ich zutiefst davon überzeugt bin, dass mein Sohn, wenn er hart an sich arbeitet, ohne Probleme wieder in der Startelf unseres Klubs stehen könnte und bald wieder sein Aushängeschild werden würde.

Dann sind doch die ersten Stufen der Leiter nach oben genommen. Würde er nur eine Saison konstant spielen, dann stünden Vereine aus dem Profibereich Schlange, um ihn zu verpflichten.

Aber Arda hat den richtigen Pfad verlassen. Er hat es vorgezogen, seine Zeit mit merkwürdigen Figuren zu verplempern. Burak hat Esra erzählt, Arda habe Hehlerware verkauft – das kann ich nicht glauben. Als hätten wir das nötig. Was für eine Schande das für ihn und unsere Familie wäre! Wir sind doch nicht irgendwer? Alle haben zu uns aufgeschaut. Jetzt sollen sie auf uns herabschauen? Das darf Arda nicht riskieren. Die Leute warten doch nur auf unsere Fehltritte. Arda kann doch nicht einfach ignorieren, dass Leute böse Gerüchte über uns in die Welt setzen. Sie haben uns nie etwas gegönnt. Wenn ich ihren Lügen glauben würde, dann hätten sie mich dort, wo sie mich haben wollen. Dann würde ich wirklich verrückt werden. Aber ich bin nicht verrückt. Ich bin nicht verrückt. Verrückt bin ich nicht.

Diesen Gefallen tue ich ihnen nicht. Sie können plappern, was sie wollen, auch über diese Sache am Kiosk. Alles maßlos übertrieben. Ich war nur erschöpft und hatte einen kleinen Aussetzer. Wäre ich nicht in die Klapse eingeliefert worden, wäre ich der alte Fikret geblieben. Und ich bin ja auch der alte Fikret geblieben!

So oder so, Arda verstehe ich nicht. Immer wieder rede ich auf ihn ein: »Oğlum, du kannst es immer noch in die wichtigsten Fußballarenen dieser Welt schaffen. Stattdessen gehst du Brötchen backen oder jobbst im Altersheim. Das bringt nichts. Davon kannst du nicht leben.«

Aber seit dem Deal mit unserem Verein kann ich sagen, was ich will, für Arda haben meine Worte keinen Wert mehr. Was bringt es da, miteinander zu reden? Mir reicht es, ihm in die Augen zu schauen. Seine Blicke sagen mir: Du bist schuld an allem. Er wird lernen müssen, dass man mit solchen Vorwürfen nicht weit kommt im Leben. Trotz allem schließe ich ihn in meine Gebete ein.

»Das machst du alles nur für dich!« Das war ein sehr hässlicher Satz von Arda, der mich bis in die Klinik verfolgte. Heute tut er nicht mehr ganz so weh.

Was ich mir wünsche? Etwas ganz Normales – wieder ein Beweis dafür, dass ich nicht verrückt bin. Denn Verrückte wünschen sich so etwas nicht. Ich wünsche mir, Burak, Yasemin und Arda kämen heute zum Abendessen. Einfach so. Nach dem Essen würden wir beisammensitzen und uns über alles Mögliche unterhalten.

Burak und Yasemin haben ihr eigenes Leben, es hat nicht so viel mit dem gemeinsam, was Esra und ich uns ausgemalt haben. Burak ist mit Monika zusammen. Sie stammt aus Polen. Ich kenne sie kaum. Burak enthält sie mir vor. Yasemin will ein Modegeschäft eröffnen. Sie hat den Glauben an ihre eigene Modelinie verloren. Sie sucht verzweifelt ein Ladengeschäft im Kiez. Es erscheint ein bisschen aussichtslos, weil inzwischen sogar amerikanische Ketten in unseren Bezirk wollen. Aber Yasemin gibt die Hoffnung nicht auf. Mit Allahs Unterstützung wird Yasemin fündig werden. Es bleibt mir nicht mehr viel, was ich sonst für sie und meine beiden Söhne tun kann. Meine Kinder wenden sich immer mehr von mir ab. Esra lässt mich nicht fallen. Sie ist meine große Stütze. Meine Frau hält mir die Treue. Esra ist mir genau so nah wie Allah. Mit diesen beiden habe ich keine Angst vor dem Alleinsein.

Yasemin hat mit mir gebrochen, ohne mir den Grund zu nennen. Ich habe sie immer wieder darauf angesprochen, habe aber nur abfällige Blicke geerntet und bestenfalls seltsame Sprüche zu hören bekommen. Abgesehen davon, dass man mit einer Respektsperson so nicht spricht, weiß ich bis heute nichts darüber, was Yasemin umtreibt.

Wem das Leben so wie mir mitspielt, der versucht es manchmal mit einer Kehrtwende. Jedenfalls bete ich seit einiger Zeit. Jeden Tag, fünfmal. Ich lerne Suren auswendig. Aus mir wird kein Salafist, keine Sorge. Ich bete, weil es mich friedlich stimmt. Es beruhigt mich anders als die Tabletten, die ich nicht absetzen soll. Dann bleibt mir ein anderer Begleiter: dieses Lied vom Frühling, der dem Winter folgt.

Aber nein, ich glaube nicht, dass wir nächste Woche schon Frühling haben werden – egal, was der Wetterbericht sagt.

PAKT UND TEUFEL

Ich bin wieder da.

Eigentlich war ich für immer weg, hatte ein ganz neues Kapitel in meinem Leben aufgeschlagen. Immerhin hatte ich es über Bursa bis nach Bayreuth geschafft. Und dann haben sich wie aus dem Nichts Vereinspersönlichkeiten bei mir gemeldet. »Wenn einer den Karren aus dem Dreck ziehen kann, dann du«, haben sie auf mich eingeredet. Was soll man da noch sagen?

Es schmeichelt mir, dass nicht in Vergessenheit geraten ist, was meine Weggefährten und ich für den Verein geleistet haben. Die Herrschaften wussten, welche Tonlage sie anstimmen mussten, um mich zurückzuholen. Aber die Wahrheit ist: Ich wäre ihrem Ruf auch dann gefolgt, wenn sie keinen einzigen Ton getroffen hätten.

Wer ich bin, was ich habe, alles habe ich unserem Verein zu verdanken. Ich bin sein Soldat, sein General, was immer der Verein von mir verlangt, die Reihen müssen geschlossen bleiben. So gehört sich das. So muss es sein. Unser Verein und ich, das ist eine besondere Geschichte mit einem fulminanten Anfang, die noch lange nicht zu Ende ist. Ich habe unseren Verein mitgegründet. Außerdem war ich Spieler der ersten Stunde, bald Spielertrainer, weil alle sich einig waren, dass keiner die Mannschaft besser führen könnte. Es ging mit

Karacho los. Schnell wurden wir eine Hoffnung für eine ganze Generation. Wir waren der spielende Beweis, dass Ausländer in Almanya etwas erreichen können. Etwas, das mit Erfolg zu tun hat. Auf Nimmerwiedersehen Fließband, die neue Marschroute hieß Futbol. Man war stolz auf unser Team – zu Hause, auf der Straße und vor allem auf der Arbeit. Erhobenen Hauptes ist man zur Arbeit gegangen, wenn wir am Wochenende siegreich waren. Was soll ich sagen? Wir haben oft gewonnen, anfangs zumindest. Unsere Leute hatten also verdammt viel zu erzählen. Ihre Augen funkelten, wenn sie herausposaunten, dass sie die Deutschen besiegt hätten, so als hätten sie selbst mitgespielt. Der unbändige Wille, Deutsche in die Knie zu zwingen, war nicht unsere Erfindung. Er war eine Antwort auf die Erniedrigungen, die wir in Almanya erlitten hatten.

Dass unser Verein so viele Herzen eroberte, hatte aber auch mit den Versagern aus der Türkei zu tun. Ich meine die türkischen Mannschaften, die sich international eine Klatsche nach der anderen holten: 0:4, 0:3, 0:5, 0:8, 1:6. Mann, die feierten ein eigenes Tor wie den Geburtstag von Atatürk. Vor allem ihre Niederlagen gegen deutsche Mannschaften waren für uns eine Schmach.

Was mussten wir uns alles anhören. »Kümmelkicker, trainiert mal ordentlich am Bosporus. Vielleicht packt ihr dann 90 Minuten.« – »Der Ball ist rund, der Döner nicht.« – »Ali, Fußball ist nicht für euch gemacht.« Es spornt sie nur an, wenn man sich gegen solchen Schwachsinn wehrt. Irgendwann ließ ich mich vom deutschen Mob sogar Ali rufen, obwohl die halbe Stadt weiß, dass ich Komünist Yusuf bin.

Fußball schafft merkwürdige Abhängigkeiten. Wir kannten es nicht anders, die türkische Nationalelf verlor, trotzdem haben wir bei jedem ihrer Spiele auf ein Wunder gehofft. Vergeblich – wenn man mal von einem Unentschieden gegen Luxemburg, Malta oder eine andere Fußballzwergnation absieht. Aber im Fußball ist es nicht vorgesehen, dass man aufhört, daran zu glauben, dass es aufwärtsgehen könnte. Oft trafen wir uns im Vereinslokal, versammelten uns um das Radio und bangten mit unseren chronischen Verlierern, diesen Volldeppen.

Tja, und dann marschierte unsere Mannschaft auf das Spielfeld. Das war ein Urknall. Eine Sensation, die ihresgleichen suchte. In Nullkommanichts wurden wir zu Repräsentanten des türkischen Fußballs auf europäischer Bühne. Alle dachten: türkischer Fußball, das ist unser Verein. Es schien fast keine Rolle zu spielen, dass wir in Deutschland gerade mal die vierte Liga aufmischten – oder wie auch immer die damals hieß. Mit unserem Erfolg traten wir eine Welle los. Plötzlich schüttelten Gastarbeiter den schweren Mantel der Unterdrückung ab und erkämpften sich die kleine Freiheit, Großes zu schaffen. Für den einen war es die erste Demo gegen erbärmliche Wohnverhältnisse, für den anderen die ersten fehlerfreien Sätze auf Deutsch. Meine Mannschaftskollegen und ich hatten es vorgemacht. Ja, wir können das. Das ist bis heute unvergessen. Das nimmt uns niemand.

Unsere Spiele waren Ereignisse, Tausende Fans kamen, um unsere Mannschaft zu unterstützen. Das muss man sich mal vorstellen! Mehrere Tausend Fans in einer unteren Liga. Ich weiß, das gibt es heute vereinzelt auch noch, wenn ein Traditionsverein aufläuft. Das ist dann aber eher Kollektivmelancholie, weil der Niedergang der Tradition gemeinsam besser zu ertragen ist. Zu uns kamen die Menschen damals aus Euphorie und der Möglichkeit des Aufstiegs wegen – nicht nur im Fußball. Wir waren eine soziale Bewegung im deutschen Fußball.

Wenn so viele kommen, verlierst du die Kontrolle darüber, was im Stadion passiert. Immer häufiger brachten unsere Fans Türkeifahnen mit. Manchmal wurde auf den Rängen die Fahne türkischer Faschisten geschwenkt. Spätestens da wurde es mir zu viel. Eigentlich verspürte ich schon bei der türkischen Fahne ein Unbehagen, auch wenn sie für mich bis heute ein Symbol für den Kampf gegen die Imperialisten und die Unabhängigkeit geblieben ist. Doch in Deutschland strahlte sie anders. Ich habe damals viel mit unseren Leuten diskutiert. Dabei musste ich sehr besonnen vorgehen, weil bei der Fahne bei Türken der Spaß aufhört. Dass ich in dieser Frage nur von mir spreche, hat einen Grund: Die anderen Verantwortlichen aus dem Verein hielten sich in Sachen Fahnenmeer vornehm zurück. Wenn es hart auf hart kommt, ducken sich die meisten weg. Das ist heute noch so. Ich würde keine Elf zusammenkriegen, die das nicht tut. Das musste ich auch feststellen, als wir unseren Verein vor Şefik Arslan bewahren mussten.

Bei den Türkeifahnen war es ganz ähnlich. Ich stand da allein und fragte unsere Fans, ob sie sich darüber im Klaren seien, welches Signal sie mit ihren Fahnen sandten. »Provoziert ihr unsere Gegner nicht, auch deren Fahnen mitzubringen?«, habe ich sie gefragt. Zu meiner Verwunderung entfachte sich eine leidenschaftliche Diskussion unter unseren Fans. Türk Richard brachte sie richtig aus dem Konzept, weil er sie unmissverständlich wissen ließ, dass es für ihn nur eine Fahne gäbe, nämlich die des Vereins. Ganz starker Auftritt von Türk Richard, der für mich unvergessen ist. Die Frage nach der Fahne werden wir wohl nie los. Unlängst schlossen wir uns als Verein einer Demonstration gegen die Abschiebung von Flüchtlingen an. Es waren vielleicht zweihundert Menschen gekommen. Aus der Menge ragte eine übergroße PKK-Fahne heraus. Ich wusste gleich, wer sie schwenkte: Zafer. Nach der Kundgebung hatte ich mit ihm in der Kneipe einen Disput darüber. Er wollte nicht einsehen, dass seine Fahne fehl am Platz war.

Natürlich haben wir Spiele verloren. Von Zeit zu Zeit haben wir miserabel gespielt. Die Schuld suchten wir aber nie bei uns. Immer waren die Deutschen schuld. Entweder der deutsche Schiedsrichter, der deutsche Gegner, die deutschen Zuschauer, die deutschen dies, die deutschen das. Irgendwann wurde mir auch das zu blöd. Ich trommelte meine Jungs zusammen und bläute ihnen ein, dass wir uns selbst täuschten, wenn wir alles den Deutschen in die Schuhe schöben.

»Wir müssen deutsche Spieler holen. Nur so hören wir auf, uns etwas vorzumachen«, brachte ich energisch vor. Als aber alle in der Mannschaft dem zustimmten, war ich so überrascht, dass ich kaum sprechen konnte. Wie konnten meine Spieler dafür sein? Es bedeutete doch, dass der eine oder andere nicht mehr in der Startelf stehen oder überhaupt nicht mehr spielen würde. Ich hatte nie gewollt, dass in unserer Elf nur Türken spielten. Aber anfangs wollte niemand in unseren Verein eintreten – nicht einmal andere Gastarbeiter. Erst mit dem Erfolg änderte sich das allmählich. Nachdem wir im Verein den Beschluss gefasst hatten, deutsche Spieler in unsere Mannschaft integrieren zu wollen, machten Türk Richard und ich uns auf die Suche. Da war es praktisch, dass wir inzwischen kleine Helden geworden waren. Nunmehr erklärten sich deutsche Fußballer und Spieler aus anderen Nationen bereit, das Trikot unseres Vereins überzustreifen. Schon bald entwickelten wir uns zu einer Internationale in Klein. Doch leider bekamen wir ein anderes Etikett angeheftet: Multikulti.

Multikulti? Wir haben nie behauptet, dass wir das sind oder

werden wollen. Wir haben gesagt, wir wollen gemeinsam Erfolg haben. Der Erfolg unserer Mannschaft war aber jetzt nicht mehr nur der Erfolg türkischer Gastarbeiter, sondern der Erfolg aller. Das hatte ein anderes Flair und brachte uns neue Sympathien ein. Aber es gab auch Stimmen, die über den Ausverkauf und den Verlust von Identität klagten. Gegen solche Betonköpfe half nur, sie zu bekämpfen. Wer sich die guten alten Zeiten herbeisehnte, war schief gewickelt. Es gab keine Alternative zur Öffnung des Vereins. Die hat uns viel gebracht. Langsam kapierten alle, dass wir keinen Krieg gegen Deutsche führten, sondern mit ihnen Fußball spielten. Einige deutsche Kameraden sind bei uns zu Legenden geworden. Bernd war einer von ihnen. Wenn Bernd bei uns nicht zwischen den Pfosten stand, war er Polizist. Vom ersten Tag an war er der Publikumsliebling. »Süperbulle, Süperbulle, hey, hey, hey«, skandierten unsere Anhänger, bis sie heiser wurden.

Manchmal beschleicht mich das Gefühl, dass wir damals weiter als heute waren. In der laufenden Saison haben wir keinen einzigen deutschen Spieler im Kader der ersten Mannschaft. Gut, unsere Jungs haben alle einen deutschen Pass, aber bei uns kickt kein Deutsch-Deutscher.

Als ich neulich einen über den Durst trank, ließ mich das nicht los. Ich riss das Küchenfenster weit auf und brüllte in den Hof: »Wo sind eure Kinder? Wo sind eure Kinder, ihr kinderloses Volk? Warum schickt ihr uns nicht eure Kinder? Wir tun ihnen doch nichts. Wir bringen ihnen nur das Fußballspielen bei. Wäre es so schlimm, wenn sie sich die Kabine mit Giuseppe, Şenol, Miguel, Aram, Ion, Mustafa, Osman, Can, Göknur, Ulaş und Serhat teilen müssten? Ihr Kartoffeln, ihr habt keine Ahnung, was euren Kindern entgeht.«

Meine Frau wurde als Erste wach, kam in die Küche gerannt und zerrte mich vom Fenster weg, um mir die Leviten zu lesen: »Was bellst du wie ein deutscher Schäferhund alle aus dem Schlaf?«

Als ich ihr zu erklären versuchte, dass sie uns nicht ernst nähmen, uns für einen Versagerverein hielten und deswegen ihre Kinder in deutsche Vereine schickten, fragte sie nur:

»Wo sollen sie ihre Kinder denn sonst hinschicken? Yusuf, du verrückter Yusuf. Der Teufel tanzt mit dir Halay, und du kannst nicht Schritt halten.« Und dann kam sie wieder mit unserer Frauenabteilung, in der ja mit Ines, Hanna, Jana, Sandra und all den anderen ziemlich viele Deutsche spielten.

Als ich weiter von Rekrutierungsschwierigkeiten und den Vorurteilen der Deutschen sprach, beschimpfte sie mich als anatolischen Hornochsen und Chauvinisten. Ich sollte mich für das Komünist in meinem Namen schämen und endlich einsehen, dass der Verein nie wieder zu einer ersten Adresse werden würde.

Schon bevor ich wieder einigermaßen ausgenüchtert war, ahnte ich, dass Zahide recht haben könnte. Aber aufgeben, das steht uns nicht. Wir werden weiterkämpfen, bis richtige Deutsche ihre Söhne zu uns schicken. Wenn wir wieder Spiel um Spiel gewinnen, wird es so kommen, dass ich auf die Taktiktafel in unserer Kabine Namen wie Luka, August, Bela, Balthasar, Karl-Friedrich, Maximilian oder Lennon notiere. Mein Problem ist, dass ich meine Ungeduld nicht abschütteln kann. Ich hätte so gerne einen Schalter dafür, finde ihn aber nicht. Mir ist, als würde ich andauernd diesen Satz hören: »Ich will, dass mein Sohn bei euch Fußball spielt.« Diese innere Stimme ist mir inzwischen so vertraut, dass ich schon geglaubt habe, dass jemand mir das wahrhaftig gesagt hat. Wenn es uns eines Tages gelingt, dass einer dieser Söhne bis zur A-Jugend bei uns im Verein und später in der deutschen Nationalmannschaft spielt, wäre das meine Oktoberrevolution und mein Gezi-Protest in einem.

Während meiner Abwesenheit ist hier manches schiefgelaufen. Nun schauen wir in den Abgrund und flirten mit dem finanziellen Bankrott. Wir müssen klar Schiff machen: In den letzten Jahren fiel unser Verein nur noch mit Skandalen auf. Da muss sich niemand wundern, dass zu uns keine Deutsch-Deutschen kommen. So gesehen hätte ich mir meine nächtliche Hofklage sparen können. Aber manchmal muss es einfach raus, dieses Gefühl von Frust und Zweifel. Selbst wenn es dazu führt, dass mich seitdem unsere Nachbarn merkwürdig belächeln, so als wäre ich der verrückte Fikret, den schon länger ein dunkler Schatten begleitet. Ernsthaft, nicht einmal dem neoliberalen Feind wünsche ich so eine Psychokiste. Klinik, Psychiater, Tabletten, Therapie. Am Ende hilft das ein wenig, aber der, der du mal warst, wirst du nicht mehr sein. Irgendwann wird sich Fikret nicht mehr daran erinnern, wer er mal gewesen ist. Ob er das heute noch weiß?

Unsere Leute halten uns die Treue, weil sie eine andere Bindung an unseren Verein haben. Sie identifizieren sich mit ihm, weil er einen Anstrich hat, den sie von zu Hause kennen. Vielleicht waren ihre Eltern Fans der ersten Stunde ... Sie kommen zu uns, weil sie hoffen, dass von hier der Sprung in den türkischen Profifußball möglich ist. Nicht ohne Grund. Immerhin hat unser Verein zwei, drei Spieler hervorgebracht, die in der Türkei als Profi aktiv waren. Ich bin einer von ihnen. Für die Bundesliga hat es zwar noch nicht gereicht, aber eines Tages wird ein Spieler unseres Vereins das Trikot einer Bundesligamannschaft tragen. Diese Vision lasse ich mir nicht nehmen.

Die Frage, warum ich seit Jahrzehnten eine Leitfigur in unserem Verein bin, müssen andere beantworten. Eines ist klar: Es hat nicht nur mit sportlichen Erfolgen zu tun. Auch meine soziale Art spielt eine Rolle. Ich bin sehr früh mit Politik in Berührung gekommen. Während meine Kumpels auf der Straße abhingen oder Partys feierten, begann ich, mich für den Marxismus zu interessieren. Daher übrigens Komünist Yusuf. Als politischer Aktivist habe ich gelernt, wie man Menschen anspricht und sie dazu bewegt, sich für etwas einzusetzen. Trotzdem war es nicht einfach, die türkischen und kurdischen Gastarbeiter für den Klassenkampf in der Türkei oder die gewerkschaftliche Organisierung hier zu gewinnen. Viele scheuten politisches Engagement, selbst im Betriebsrat, weil sie fürchteten, dass der deutsche Vorarbeiter ihnen Ärger machen könnte.

Besser lief es, als ich in den Gründungsjahren für den Verein durch die Stadt tingelte, um türkische Fußballer zu treffen, die in deutschen Vereinen spielten. Mein Ziel war es, diese Jungs zu überreden, zu uns zu kommen. Selbstverständlich habe ich auch in unserem Viertel gewildert und habe türkische und kurdische Jugendliche regelrecht gejagt. Ich wollte nicht, dass sie in Cafés ihr Leben absitzen, Nikotin und anderes Zeug inhalieren, Karten spielen oder krumme Dinger drehen. Schwups, hatte ich meinen Ruf weg. Ich war gefürchtet. Wenn Jugendliche mitbekamen, dass ich wieder unterwegs war, dann haben sie sich unter Tischen und hinter Türen versteckt. Am Ende habe ich einige Jungs aus unserer Nachbarschaft für unseren Verein gewinnen können.

Meinen Genossen war das ein Dorn im Auge, sie wollten von mir wissen, warum ich sie nicht für unsere Partei rekrutiere. »Fußball ist das Opium des Volkes, Marxismus eben nicht«, konterte ich.

Jetzt, da ich die Jungs wieder trainiere und als Coach an der Seitenlinie stehe, stelle ich fest, dass trotz einiger Änderungen vieles beim Alten geblieben ist. Es ist immer noch ein Ereignis, wenn wir im Osten spielen. Der Osten bleibt ein Kapitel für sich. Dort gehen Menschen auf die Straße, weil sie Angst haben, dass in ihren Kirchen bald muslimische Lieder gesungen werden könnten. Ich wünschte, die Integrationsprediger dieses Landes würden sich gezielter dem Osten widmen. Dort haben wir ein echtes Integrationsproblem. Die Ossis haben sich abgekapselt. Sie leben in einer Parallelgesellschaft. Die bleiben unter sich. Die schieben Panik, wenn ein Fremder sich bei ihnen niederlassen will. Wie ich darauf komme? Ich kenne unsere Gegner aus dem Osten. Sie kommen nur zu uns, wenn sie gegen uns antreten müssen. Sonst nicht. Wer holt sie aus der Parallelgesellschaft? Wer kümmert sich um deren Integration? Na, wir! Dafür sollten wir mal einen Preis kriegen.

Neulich waren wir im Osten, weil unsere F-Jugend dort ein Spiel zu bestreiten hatte. Nun, ich muss das nicht, mir ein Auswärtsspiel unserer Knirpse geben, aber ein motivierendes Zeichen ist es schon, wenn ich bei deren Spielen dabei bin. Mein Besuch spornt sie an. Dann befeuert das ihren Traum, dass sie später in meiner Ersten auflaufen könnten. Ich schaue mir ihre Spiele aber nicht nur deswegen an. Seit zwei Jahren bin ich auch als Scout des türkischen Verbandes tätig, da muss hin und wieder ein Bericht über Talente verfasst werden. Also bin ich letztens am Samstagvormittag rausgefahren. Unsere F-Jugend hat ihren Gegner beherrscht. Nach der ersten Halbzeit stand es schon 7:0. Nach Wiederanpfiff machten unsere Jungs da weiter, wo sie aufgehört hatten, um es in Fernsehkommentarworten zu sagen. Bald stand es 11:0. Endlich hatte unser Trainer ein Erbarmen.

»Jungs, ist gut. Das reicht jetzt. Keine weitere Demütigung. Nehmt das Tempo aus dem Spiel. Den Ball quer spielen, keine Tore mehr«, rief er auf Türkisch aufs Spielfeld.

Gut, dass der Gegner nichts versteht, dachte ich.

Der Trainer der Heimmannschaft rastete trotzdem aus: »Kollege Kebab, hier wird Deutsch gesprochen. Eure Geheimsprache könnt ihr in Kabul sprechen.«

»Was denn für eine Geheimsprache? Das Ergebnis versteht doch jeder.«

Der Ossi-Trainer geriet so richtig in Rage und machte seine Spieler zur Sau. Einige von denen fingen an zu heulen. Und das auf dem Rasen. Das geht nicht. Irgendwann mischten sich die Spielereltern ein. Ich hatte mich schon gewundert, dass sie sich so lange im Griff gehabt hatten. Eltern am Spielfeldrand sind ein Grauen. Wenn die loslegen, dann wackelt selbst der Kreml. Jetzt waren die Eltern richtig angefressen, dass ihre kleinen Engel von unseren Jungs plattgemacht wurden, nicht bei einer Schlägerei, was erwartbar gewesen wäre, sondern im Fußball!

Das wurde unserem Trainer zu viel: »Doch keine Rücksicht. Stürmt weiter! Schießt sie ab!«

In unserem Verein leiden alle unter chronischer Nostalgie. Na ja, fast alle. Sie können die ruhmreiche Geschichte unseres Vereins nicht vergessen, was nicht weiter dramatisch wäre, wenn sie mit der Gegenwart gut klar kämen. Daran hapert es aber. Die Sehnsucht nach den alten Tagen verstehe ich zu gut. Schließlich war ich dabei, als wir vor 15.000 Menschen in der Oberliga aufliefen. Jedes Mal, wenn ich daran denke, bekomme ich eine Gänsehaut. Selbstredend bin ich sehr stolz, unsere legendäre Mannschaft trainiert zu haben, die nur haarscharf den Aufstieg in die 2. Liga verpasst hat. Noch immer spiele ich gedanklich durch, wie alles gekommen wäre, wenn wir das damals gepackt hätten. Aber gegen die Kräfte der Herrschenden reicht es nicht, guten Fußball zu spielen. Das war die Lektion, die sie uns erteilten und die wir lernen mussten. Trotzdem: Unser Anklopfen an den Toren des Profifußballs kam einem Erdbeben gleich. Ganz Almanya hat es gespürt. Es herrschte Ausnahmezustand im Fußballkosmos. Niemand hatte auf dem Schirm gehabt, dass ein Gastarbeiterverein so weit kommen könnte. In dieser Sensationssaison gab ich wöchentlich Interviews: ARD, ZDF, BBC, TRT, Der Spiegel und BILD bohrten neugierig nach, wie es sein konnte, dass sich ein kleiner Türkenverein anschickte, in die 2. Bundesliga aufzusteigen. Der DFB musste eine Sonderregelung ausklügeln, weil unser Erfolg ihm keine andere Wahl ließ. Heute weiß das kaum noch jemand, aber damals durften im Profifußball pro Mannschaft nur zwei Ausländer spielen. Ich hatte in der Startelf meist sieben oder acht. Wie der DFB das Problem löste? Er zauberte kurzerhand den Fußballinländer aus dem Hut. Mit einem Mal waren wir keine Ausländer mehr. Auf dem Papier zumindest.

So berauschend diese Erinnerungen auch sind, ich will nicht in der Vergangenheit, sondern im Hier und Jetzt leben. Das unterscheidet mich von vielen im Verein. Ich schufte hart, damit unser Klub wieder auf die Beine kommt. Wir wären schon viel weiter, wenn wir konsequent meinen Weg gehen würden. Aber unsere Vereinsmitglieder sind anfällig für Hirngespinste, die uns nicht nur nichts bringen, sondern sogar zurückwerfen. Das ist frustrierend. Nachhaltig zu arbeiten, das ist nicht die Sache unserer Leute. Sie wollen auf dem schnellsten Weg zum Olymp. Aber kurzfristiges Denken und schnelle Erfolge haben uns am Ende nur die Luft zum Atmen genommen. Es gibt keine Expresslinie zum Fußballhimmel – gerade wir sollten das wissen. Wir müssen jeden Schritt behutsam gehen und Gefahrenstellen meiden.

Unser Verein ist ein Magnet, dessen Anziehungskraft mal größer und mal kleiner ist. Ganz weg ist sie nie. Leider passiert es immer wieder, dass unser Verein die falschen Leute anzieht. Schurken, die unseren Klub für ihre egoistischen Interessen missbrauchen wollen. Das ist keine Verschwörungstheorie. Schließlich haben wir diese Erfahrungen oft gemacht. Diese Idioten wollen mal Geld waschen, mal mit ihrem ehrenamtlichen Engagement Anerkennung in ihrem Umfeld ernten. Oder sie möchten einfach ihre Gesichter in den Medien sehen. Dafür ist ihnen unsere Gemeinschaft gut genug. Noch heute ist es so, dass Menschen auf der Straße einen respektvoll grüßen, wenn sie wissen, dass man im Verein aktiv ist. Schon an solchen kleinen Gesten der Aufmerksamkeit berauscht sich der eine oder andere. Jeder braucht eine Droge. Ist doch in Ordnung. Sie sollen sich reinziehen, was sie brauchen, aber niemand darf sich den Verein unter den Nagel reißen. Keine Einzelperson, keine Gruppe, keine Fraktion, keine Bewegung. Nichts und niemand. Die Gefahr ist nicht gebannt. Wir müssen gewappnet sein.

Unsere letzte Bedrohung hieß Şefik Aslan. Viele behaupten, ich hätte anfangs mit ihm gemeinsame Sache gemacht und mit ihm koaliert. Wer mich kennt, weiß aber, dass es zwischen dem Teufel und Komünist Yusuf keinen Pakt geben kann. Aber was willst du machen? Hätte ich es nur mit der Labertasche Giuseppe zu tun, wäre alles ein Kinderspiel. Doch was will man gegen eine ganze Lästerhorde machen? Also bleibt mir nur eins: Sie reden lassen, bis sie an ihren Lügen ersticken. Man muss sich das einmal vorstellen: Şefik Aslan hatte angekündigt, unseren Verein wie ein Unternehmen führen zu wollen. Aber unser Verein ist kein Unternehmen, unser Verein ist keine Reinigungskette. Wir brauchen keinen Präsidenten, der den Unternehmerboss gibt. Am liebsten hätte ich ihm das ohne große Höflichkeitsrituale und anatolische Respektsregeln eingeschenkt. Habe ich aber nicht. Es stand schließlich viel auf dem Spiel. Emotionen sind Gift, wenn man Herr der Lage sein will.

Ich habe nichts gegen Şefik Aslan persönlich. Der Mann ist kein Verbrecher. Er hat uns in der Vergangenheit sogar unterstützt, auch finanziell, was auch immer seine Motive dabei waren. Aber sein mit Pauken und Trompeten vorgestelltes Modell hätte nichts anderes bedeutet als den Ausverkauf unseres Vereins. Şefik Aslan hat nie verstanden, wofür unser Verein noch heute steht: für das Gemeinsame. Der Mann wollte unseren Verein in seine Bühne verwandeln. Wir sind doch nicht da, damit so jemand wie Aslan den Vereinspatriarchen spielen kann. Şefik Aslan übertrieb die Sache maßlos. Keine Frage, seine Geschäfte laufen gut, aber er tat so, als ob er einem Konzern und nicht einem Reinigungsgeschäft vorstehen würde. Überhaupt, seit wann reicht es diesen Männern nicht, ihr Kapital zu vermehren, warum brauchen sie auch noch unseren Jubel dafür? Früher habe ich mich gefragt, was bei Aslan schiefgelaufen sein könnte. Sein Leben besteht aus Superlativen. Er kennt den besten Immobilienmakler und den edelsten Wein, seine Vorhaben sind die modernsten überhaupt, seine Mitarbeiter die fleißigsten, sein Klopapier ist das weichste.

Şefik Aslan hat uns Stars und einen Top-Trainer in Aussicht gestellt. Sehen wir mal von Arda Toprak ab, hat weder ein Talent, geschweige denn ein Star bei uns unterschrieben. Top-Trainer? Ebenfalls Fehlanzeige. Unter seiner Ägide wurde ein in die Jahre gekommener Coach unter Vertrag genommen, der schon morgens eine leichte Schnapsfahne hatte. Auch zu meinen Spielerzeiten hatten Trainer mal tagsüber einen sitzen, worüber niemand ein Wort verlor, aber heute bist du mit so was bei den Spielern gleich angezählt. Du verlierst jeden Respekt, den du als Trainer brauchst. Und dann sein autoritäres Gebaren ohne Substanz. Ein Herrenmensch, der seine Spieler erniedrigte. Ein Trauerspiel.

Hätte ich tatenlos zusehen sollen, wie Şefik Aslan unserem Verein den finalen Todesstoß versetzt? Nein, das hätte ich mir niemals verziehen. Also habe ich einige Leute zusammengetrommelt und viele Gespräche geführt. Einer musste den Stein ja ins Rollen bringen.

»Es ist nie zu spät, wenn es darum geht, unseren Verein zu schützen.« Als ich diesen Appell in einer der vielen Krisensitzungen lautstark an die Mitglieder richtete, war Applaus aufgebrandet, der anders klang als die üblichen höflichen Beifallsbekundungen. Sofort spürte ich: Die Sache ist geritzt. So kam es auch. Unsere Initiative gewann täglich an Zulauf. Irgendwann drängten wir Şefik Aslan aus dem Amt. Für den Verein war das wieder einmal eine Chance. Ich weiß nicht, wie viele Neuanfänge wir brauchen werden, um ein richtiger Verein zu werden.

Wahrscheinlich hat Leyla recht, dass es nie so weit kommen wird. Ich hatte Leyla gebeten, sich unserer Mitgliederinitiative gegen den Ausverkauf des Vereins anzuschließen. Aber da war für mich nichts zu holen. Ich verstehe nicht, warum Leyla so nachtragend ist. Okay, sie hat im Verein unangenehme Erfahrungen gemacht. Sie fühlt sich verarscht. Aber das ist Schnee von gestern. Heute gilt mehr denn je: Wenn wir wieder erfolgreich sein wollen, dann müssen alle über ihren Schatten springen und mit anpacken.

»Ach, Komünist Yusuf, du wirst dich nie ändern.« Ich mochte Leylas süffisantes Lächeln nicht, als sie mir das vorwarf. Irgendwann artete unser Gespräch in Streit aus. Leyla war überzeugt, dass ich nichts dazugelernt und immer noch nur die erste Mannschaft im Blick hätte – wie Şefik Aslan auch. Leyla war schon immer der Meinung, dass der Verein falsche Prioritäten setzt, indem er zum Beispiel die Erste zum Aushängeschild macht. Dabei sei es zukunftsweisender, die Jugend- und Frauenabteilung in den Mittelpunkt zu rücken. Dieses Sozialarbeitergequatsche von Leyla ging mir an die Nieren. Ganz ehrlich? Ich finde es gut, dass wir Frauenfußball im Verein haben. Aber ihn zum Schwerpunkt machen? Ich weiß nicht. Natürlich müssen wir im Jugendbereich besser werden. Unsere Jugendlichen verdienen es, auf guten Plätzen von erstklassigen Trainern ausgebildet zu werden. Aber alles auf die Jugend setzen? Auch da habe ich meine Zweifel. Denn die Crux ist: Wenn du keine erfolgreiche erste Mannschaft hast, dann wird der Rest auch nichts. Aber Leyla wollte das partout nicht verstehen.

Als sich der türkische Verband vor etwa zwei Jahren bei mir meldete, war ich nur kurz verwundert, weil, nun ja, wenn man diese politische Orientierung im Namen führt, ist das für die eher abschreckend. Dann habe ich kurz innegehalten und nachgedacht. Komünist hin oder her, aber im türkischen Fußball bin ich kein unbeschriebenes Blatt. Der damalige Trainer der Nationalmannschaft kannte mich aus meiner Zeit bei Bursaspor, die inzwischen eine gefühlte Ewigkeit zurückliegt.

Ich habe eine Saison für die Krokodile in der türkischen Süper Lig gespielt. Meine Karriere dort wäre zwar vielversprechender verlaufen, wenn ich meine politischen Ansichten für mich behalten hätte, aber ein Komünist Yusuf macht das nicht. Wenn wir zu Auswärtsspielen unterwegs waren, habe ich die meiste Zeit gelesen. Sachbücher über die ökonomische und politische Situation der Türkei. Meine Mitspieler haben mich angeschaut, als ob sie einem leibhaftigen Revolutionär begegneten. Lesen kam also nicht besonders gut an. Dann habe ich auch noch gemeinsame Sache mit Metin Kurt gemacht. Metin stand in den 1970er-Jahren bei Galatasaray unter

Vertrag. Ein Linker, der als Rechtsaußen spielte. Er hatte einmal in die Mikrofone gesagt, er spiele auf der Außenbahn, um dem Volk näher zu sein.

Als ich das mal bei einem Gespräch mit Angela Brandt zitierte, schoss sofort aus ihr heraus, dass man das mit »dem Volk« nicht einfach so sagen könnte. Von Metin Kurts Außenbahn kam sie auf Deutschlands Nazi-Vergangenheit. Manchmal bleibt mir echt die Spucke weg. Ich meine, was macht Angela eigentlich, wenn jedes Jahr in Almanya die Wiedervereinigung gefeiert wird. »Wir sind das Volk« – das ist doch nicht erst seit gestern ein deutscher Schlager. Würde ihre Tochter Ines nicht bei uns spielen und sie uns nicht bei der Pflege unserer Website unter die Arme greifen, würde ich Angela gern mal die Meinung geigen. Ich habe es dabei belassen, sie zu bitten, bis auf Weiteres die Rechtsradikalen zu bekämpfen. Das wäre ein guter Anfang.

Wie kann man ein so wundervolles Statement von Metin so kommentieren? Metin Kurt wollte eine Spielergewerkschaft in der Türkei gründen. Als ich in Bursa unterschrieb, suchte ich den Kontakt zu ihm. Ich fuhr nach Istanbul und lernte den türkischen George Best persönlich kennen. Ich habe ihm angeboten, ihn zu unterstützen. Eigentlich kümmerte sich Kurt alleine um alles. Er hatte mit dem aktiven Fußball längst aufgehört. Seine Spielfelder waren jetzt die Meyhane, die Bars und der Sozialismus, weswegen viele ihn mieden. Galatasaray ließ ihn fallen. Erst später, nach seinem Tod, ehrte ihn der Bildungsbürgerklub. Lebende Sozialisten stehen dort nicht hoch im Kurs. Ich achtete Metin Kurt sehr. Sein Tod ging mir nah.

Als meine Mitspieler damals Wind davon bekamen, dass ich in der Spielergewerkschaft mitmischen wollte, waren sie sicher, dass irgendetwas mit mir nicht stimmten. Davon waren meine Kollegen spätestens dann überzeugt, als ich sie nicht in die Edelpuffs, Bordelle oder Nachtclubs begleitete. So genau weiß ich nicht, wo sie feierten. Manchmal stiegen sie nach dem Spiel in ihre Luxuskarossen und fuhren einige Hundert Kilometer nach Istanbul, um sich in den angesagten Diskotheken am Bosporus bis zum Morgengrauen zu vergnügen. Wie stolz sie waren, wenn sie von den Spielern der Istanbuler Mannschaften angesprochen oder von ihnen freundschaftlich begrüßt wurden. Eigentlich gab es für meine Mitspieler nur einen Traum: einmal für die Istanbuler Oligarchie auflaufen, egal ob für Beşiktaş, Fenerbahçe oder Galatasaray. Und wie sie die Blitzlichter der Paparazzi liebten! Auch wenn sie vorgaben, genervt davon zu sein, dass sie nicht unbehelligt ein paar Stunden abschalten könnten, zeigten sie sich stolz untereinander die veröffentlichten Pressefotos, auf denen sie mit irgendwelchen blondierten, dauergewellten Frauen zu sehen waren. Die Eskapaden meiner Mitspieler hätte ich einfach ignorieren sollen, aber ich führte mit ihnen Streitgespräche darüber. Die Quittung folgte prompt auf dem Spielfeld: Fortan übersahen mich meine Mitspieler kategorisch. Selbst wenn ich frei im Strafraum des Gegners stand, bekam ich kein Zuspiel.

Nach meiner Absage an ihr Partyleben war ich nicht mehr nur Komünist, sondern auch Ibne Yusuf. Komünist Ibne Yusuf! Sollten sie mich doch so nennen! Fußball kriegst du nicht ohne Diskriminierung – nirgends. Mal hat man das falsche Trikot, mal die falsche Hautfarbe, mal den falschen Pass, mal ist man schwul ... Jedenfalls war ich in Bursa doppelt abgestempelt: als Komünist und als Schwuler.

Nur einer war auf meiner Seite: unser Trainer Serhat Demir. Für einen türkischen Coach war Demir sehr fortschrittlich. Ich habe mich oft mit ihm über Politik ausgetauscht, auch über Kapitalismus und Fußball. Dass Demir später Trainer der türkischen Nationalmannschaft werden würde, hätte ich nie gedacht. Letztlich war das so etwas wie ein Betriebsunfall. Eben dieser Demir meldete sich viele Jahre später bei mir und wollte, dass ich in Almanya für den türkischen Fußballverband als Scout tätig werde. Ein Angebot von Serhat Demir konnte ich nicht ablehnen, dafür stand ich viel zu sehr in seiner Schuld. Ich wollte ihm etwas zurückgeben.

Natürlich konnte ich erahnen, dass das viel Arbeit für mich bedeuten würde. So ein Job als Scout frisst viel Zeit. Man ist viel unterwegs. Zu Hause löste meine Entscheidung keine Begeisterung aus. Was sollte ich tun? Ich wurde mal wieder gerufen. Aber die Scouterei habe ich unterschätzt. Das muss ich einräumen. In den letzten zwei Jahren habe ich etwa 100 Spieler im Alter zwischen 13 und 18 Jahren gesichtet. Ich beobachte sie regelmäßig, erstelle Profile, analysiere Stärken und Schwächen. All das erfasse ich in einer Datenbank des türkischen Fußballverbandes. 100 Spieler sichten heißt, mit 100 Eltern im Gespräch bleiben. Beim Scouting spreche ich zuerst mit ihnen, mit den Spielern selbst rede ich anfangs nie direkt. Wer wie ich ein erfolgreicher Scout sein will, der muss ein Vertrauensverhältnis zu den Spielereltern aufbauen. Einen guten Scout zeichnet aus, dass er schonungslos ehrlich ist, egal, wie die Wahrheit lautet. Oft lautet mein Urteil: Ihr Sohn ist gut, aber bedauerlicherweise reicht es trotzdem nicht. Ich habe die kapitalistischen Leistungsprinzipien des Fußballs nicht erfunden. Jedenfalls bin ich selten Überbringer guter Nachrichten. Wenn ich den Eltern dann doch einmal eröffne, dass ich ihren Sohn für die türkische Jugendauswahl vorschlagen will, habe ich gleich Gespräche über finanzielle Konditionen, Transfermöglichkeiten und vieles mehr an der Backe. Früher habe ich gedacht, dass Fikret Toprak ein Sonderfall ist, aber da draußen irren viele von seiner Sorte herum. Ich versuche, die Eltern zu bremsen, und beteuere, dass meine Einschätzung nur eine Momentaufnahme sei und in einem halben Jahr alles ganz anders aussehen könne. Vielleicht komme es zu einer Verletzung oder der Spieler entwickle sich nicht schnell genug weiter. Aber das überhören Eltern lieber. Sie betrachten ihre Kinder fortan als Kapitalanlage, die schnell Rendite abwerfen soll. Dagegen komme ich nicht an. Gier ist die Hefe des Kapitalismus. Und die Eltern sind extrem gierig. Sie impfen ihre Gier ihren Kindern ein. Kein Wunder, dass die dann davon träumen, schnell entdeckt zu werden, bei einem höherklassigen Verein zu spielen oder Profi zu werden. Das Problem ist: Nur die wenigsten schaffen das. Deswegen dränge ich Spielereltern, darauf zu achten, dass ihr Junge die Schule nicht vernachlässigt und eine Ausbildung abschließt. Aber auch das geht zum einen Ohr rein und zum anderen raus. Es ist zum Verzweifeln. Ein Scout ist kein Fußballmanager. Das bringen die Eltern permanent durcheinander. Beim Scouting denken nicht wenige an Menschenhandel. Doch ich weiß, wo ich herkomme und wo ich hingehöre. Für mich ist Menschenhandel tabu. Er ist niederträchtig. Mein Anspruch ist, Talente zu entdecken und sie wie ein großer Bruder, ein Abi, zu begleiten.

Aber Scouting ist kein Schattenboxen. Es wird mit harten Bandagen gekämpft. Der DFB macht uns beim Scouting der türkischstämmigen Spieler das Leben schwer. Seit ein paar Jahren fahren die auf dem »Ihr-seid-doch-Deutsche«-Ticket. Schaut doch, Mesut, Ilkay, die tragen das Trikot der deutschen Nationalmannschaft, sie sind Weltmeister. Gegen solche Argumente hilft unsere Heimatprosa auch nicht weiter. Es gibt also einen harten Wettbewerb bei der Rekrutierung von jugendlichen Kickern zwischen dem türkischen Verband und dem DFB, aber dass die Medien daraus immer wieder so etwas wie einen Krieg um Talente machen, ist völlig überzogen. Wir sind Wettbewerber, aber keine Kriegsparteien. Ich habe ein ziemlich gutes Verhältnis zu meinen Kollegen vom DFB. Wir tauschen uns viel aus, auch konkret über einzelne Spieler. Wie findest du ihn? Entwickelt er sich gut? Wir sprechen auf Augenhöhe miteinander – wie es eben unter Profis üblich ist. Meine Kollegen vom DFB haben es leichter. Wenn ein deutsch-türkischer Spieler herausragend ist, dann wäre er blöd, sich nicht für den DFB zu entscheiden. Da können türkische Medien und Fußballverantwortliche noch so bellen, es hilft nichts. Deutschland ist Mehrfachweltmeister, Deutschland ist eine Fußballweltmacht. Der DFB verfügt über eine exzellente Jugendarbeit, hat Ausbildungszentren, von denen der türkische Fußball auch in den nächsten 50 Jahren nur träumen kann. Die Bedingungen hier sind ideal. Die Sache beim Scouting ist am Ende also eindeutig: Die Besten bekomme ich nicht. Ich bemühe mich um Jungs, die es nicht in die deutschen Jugendnationalmannschaften schaffen. Oder um jene, die beim DFB bis zur A-Jugend kicken und es nicht ins Team schaffen. Letztlich biete ich ihnen die zweitbeste Lösung. So sieht es aus. Die Türkei kriegt die, die den deutschen Weg nicht bis zum Ende gehen können. Die Spieler wissen das.

Als Arda vor vielen Jahren zu mir kam und mich fragte, wie ich es fände, wenn er für Deutschland spielen würde, zögerte ich nicht lange. »Großartig. Ich werde jubeln, wenn du Deutschland im WM-Finale zum Sieg führst.«

Arda war zu Tränen gerührt. Ihm lag etwas an meiner Meinung. Irgendwie war ich für ihn doch auch ein Vorbild. Inzwischen aber hängt er sich im Training nicht mehr rein, und gestern habe ich ihn vor dem Wettbüro gesehen, wie er mit den Jungs aus dem Viertel abhing. Er hat auch immer noch ein paar Kilo zu viel. Da muss er ran. Aber was der Junge mitgemacht hat, ist nicht ohne. Seine Geschichte erinnert mich daran, wie der Fußball Existenzen zerstören kann.

Wie oft habe ich auf seinen Vater Fikret eingeredet: »Abi, halt dich zurück, Arda braucht dich nicht, er gehört zu den besten Jugendspielern in Almanya, lass ihn einfach Fußball spielen. Lass dem Jungen seine Freiräume.« Aber Fikret mutierte zum Helikopterbaba und behielt Arda auf Schritt und Tritt auf seinem Radar. Als Arda sich bei uns im Training erneut schwer verletzte, hat er das halbe Land in Bewegung gesetzt, um ihn bei irgendwelchen Ärzten in den USA untersuchen zu lassen. Jeder, der mich kennt, weiß, dass ich sofort dabei bin, wenn es etwas zu kritisieren gibt. Mein Name verpflichtet mich dazu. Aber Fikret hat nicht die Wahrheit gesagt, als er Ardas Verein und den DFB beschuldigte, sie hätten seinen Sohn schon bei seiner ersten Verletzung fallen gelassen. Es war Fikret, der da nicht sauber gespielt hat. Mir ist zu Ohren gekommen, dass Deli Fikret einem Sportmediziner Geld angeboten hat, damit er Ardas Verletzung als weniger gravierend attestiert. Er hat mit verschiedenen türkischen Vereinen Verhandlungen geführt, um für seinen kaputten Jungen einen Vertrag zu erschleichen. Ich habe immer noch sehr gute Verbindungen zu Bursaspor. Dort ist er auch vorstellig geworden. Irgendwann musste ich mich einmischen! Ich habe Fikret zur Rede gestellt, noch bevor der seinen Ausraster hatte. Er hat alles abgestritten. Wenn ich mir nur vorstelle, dass er Arda erfolgreich an einen Klub in der Türkei transferiert hätte, dreht sich mir schon der Magen um. Das wäre das definitive Aus für Arda gewesen.

Was Arda jetzt braucht, ist ein vertrautes Umfeld, das an ihn glaubt. Das kann ihm außer uns kein anderer Verein bieten. Ich weiß, dass Arda das anders sieht. Arda hadert damit, dass er nicht beim Bundesligaklub geblieben ist. Überhaupt beschwert er sich ein bisschen zu viel über alles, auch über seine Mitspieler. Dem Jungen fehlt es inzwischen leider an einer gesunden Portion Realismus. Manchmal kommt es mir so vor, als hätten Arda und seine Generation es verlernt, bedingungslos zu kämpfen. Das machen sie nur an der Spielkonsole oder im Wettbüro. Sie wirken auf mich wie Jungs, die sich verlaufen haben und nicht mehr nach Hause finden. Arda spielt den beleidigten Jungen, dem man seinen Ball weggenommen hat. »Junge, heul nicht, hol ihn dir zurück«, möchte ich ihm zurufen. Aufhören ist keine Reaktion. Das muss Arda begreifen. Er muss an sich glauben und alles daran setzen, dass es bei ihm wieder aufwärtsgeht. Das wird ein steiniger Weg. Aber ich werde ihn mit all meiner Erfahrung begleiten. Ich habe so vielen geholfen, wieder auf die Beine zu kommen. Das wird mir bei Arda auch gelingen.

Vor ein paar Tagen saß Angela spät abends im Vereinslokal noch an einem Text für unsere Website. Da fragte sie mich beiläufig, ob wir uns nicht umbenennen sollten. Sie findet unseren Vereinsnamen nicht mehr zeitgemäß. Ganz ehrlich, was fällt dieser Tante ein? Seit tausend Jahren haben wir keinen Buchstaben im Namen geändert, jetzt will sie uns einen Multikulti-post-migrantisch-irgendwas-Namen verpassen. Wenn ich Angela Brandt richtig verstanden habe, sollen wir moderner klingen, schließlich seien wir im Bezirk eine Institution. Ich habe mir diesen Schwachsinn eine Weile angehört und bin dann mit Türk Richard in die Kneipe geflohen. Es war kaum zu glauben, aber er blies ins selbe Horn. Er faselte von einem Angebot einer Agentur, die uns als Marke neu erfinden wolle, ohne uns einen Cent in Rechnung zu stellen. Danke auch. Wo kommt denn das mit der Marke her? Wir sind doch keine Zigarette! Was nehmen sich diese Vollbart-Kartoffeln heraus, uns eine neue Identität verpassen zu wollen?

»Niemand kann uns sagen, wer wir sind«, stellte ich klar.

»Schaden kann es doch nicht, wenn die uns mal durchschütteln«, meinte Türk Richard.

»Nee, Richard, wir haben schon genug auf dem Zettel.«

Türk Richard ist ein pragmatischer Typ. Er hat von der Idee schnell Abstand genommen. Das schätze ich an ihm. Wir sind an diesem Abend noch ordentlich an der Theke versackt. Am Ende waren wir uns nicht einig, ob wir nun ein Migrantenverein, ein Türkenverein oder eben ein Kiezverein sind. Wir werden das einfach noch tausend Jahre offen lassen. Koste es, was es wolle. Das haben wir so vereinbart. Wir haben uns – das ist nicht das Schlechteste.

Da draußen hört man es nicht gern, aber der eisige Wind des Neoliberalismus bläst uns fies ins Gesicht. Für viele von uns ist das Leben eindeutig schwerer geworden. Manche können nicht einmal mehr ihre Mitgliedsbeiträge bezahlen. Was sollen wir tun? Sie rausschmeißen? Natürlich nicht. Ja, es wird härter. Es tobt ein Verteilungskampf. Alle wissen es, alle nehmen es hin. Eigentlich stellt sich die Frage nicht mehr, ob wir ein Kiezverein sind. Mich treibt viel mehr um, ob das Viertel noch lange unser Viertel sein wird. Denn die nächste Station des Neoliberalismus ist unser Stadtteil. Eine neue Bar hier, eine Bagelkette dort – und mittendrin unsere Leute, die mitmischen wollen. Die Yuppies, oder wie die jetzt heißen, machen sich breit, wir müssen weichen, unser Verein vielleicht auch.

Wenn der Verein hier verschwindet, dann verschwindet auch ein Teil von mir.

PIONIERE UND BANAUSEN

Für mich ist es längst zur Routine geworden, auf Veranstaltungen zu sprechen. Doch auf dem Weg zu diesem Kamingespräch mit jungen und erfolgreichen Menschen wie Ihnen habe ich gemerkt, dass es heute anders ist. Ich kann nicht verhehlen, ein bisschen aufgeregt zu sein. Lassen Sie mich mit einem Kompliment beginnen: Sie repräsentieren eine Generation, die endlich Schluss macht mit dem Gastarbeiter-, Ausländer- und Migrantensyndrom. Sie sagen: Wir sind die neuen Deutschen.

Beim Briefinggespräch vorab hat Ihre Vorsitzende, Frau Güllünoğlu-Wehrmann, darauf gedrängt, dass ich heute meine Erfolgsgeschichte und meine Vision für unseren Fußballverein in den Mittelpunkt meines Kick-off-Vortrages stelle, weil Sie daraus wichtige Learnings ableiten könnten. Es wird also heute auch darum gehen, warum vielversprechende Konzepte scheitern können, wenn ihr Potenzial in der türkischen Community nicht erkannt wird, die in großen Teilen die Chancen und Möglichkeiten der sich verändernden Märkte nicht wahrhaben will und zugleich zu stark im Überkommenen verhaftet ist und in der Abgrenzung verharrt. Genau das macht die heutige Veranstaltung für mich so besonders. Sie übernehmen den Staffelstab in einem Lauf, den meine Generation vor vielen Jahrzehnten begonnen hat, der aber noch längst nicht am Ziel ist.

Machen Sie es sich gemütlich, schauen Sie in die Flammen und überlegen Sie im Anschluss an meinen Vortrag gemeinsam mit mir, wie Sie als neue Generation Tradition und Innovation so miteinander verknüpfen können, dass Sie damit in diesem Land Erfolg haben, ohne dass Sie ihre Identität aufgeben. Doch damit genug der Vorrede, lassen Sie mich beginnen.

Die Gründung unseres Vereins und die Eröffnung meiner ersten eigenen Änderungsschneiderei fallen nahezu auf denselben Tag – Zufall oder Schicksal? Ich weiß es nicht. Auch wenn man mich heute zuallererst mit meiner Reinigungskette in Verbindung bringt, angefangen hat alles damit, dass ich Hosenbeine kürzte, Mottenlöcher stopfte oder Knöpfe annähte. Das war die Marktlücke, die ich damals sah. Schon als ich blutjung war, hatte ich keine Lust, für andere zu arbeiten. So eröffnete ich mein kleines Geschäft.

Ich kenne alle Gründungsmitglieder unseres Vereins persönlich. Man kann sich heute nicht vorstellen, welche Aufregung damals in der Stadt herrschte, als ein paar Anatolier offiziell einen Fußballverein anmeldeten. Ein Verein, der von Anfang an das ambitionierte Ziel formulierte, eine Brücke zwischen hier und dort zu schlagen. Solche Bilder sind aus der Mode gekommen. Wir sprechen nicht mehr von Türken und Heimat, sondern von Migranten, Menschen mit Migrationshintergrund oder eben neuen Deutschen. Als Unternehmer gehe ich mit der Zeit. Dazu bin ich gezwungen. Aber diese neuen Begriffe wirken auf mich manchmal künstlich. Menschen mit Migrationshintergrund! Als sei Migration eine Kulisse. Überhaupt: Dass Menschen in Bewegung sind, ist so selbstverständlich wie der Sonnenaufgang jeden Morgen. Menschen ohne Wanderung sind Statuen.

Als erfahrener Unternehmer hat mich der Anspruch des Vereins, erfolgreich zu sein, natürlich in besonderer Weise angesprochen. Das macht die enge Verbindung zwischen unserem Verein und mir letztlich aus.

In unserer Vereinsfamilie muss ich einen besonders hervorheben: Komünist Yusuf. Dieser Mann ist aus einem ganz anderen Holz geschnitzt. Selbst in der Niederlage habe ich das erkannt. Als der Verein laufen lernte, gehörte Komünist Yusuf zu seinen ersten Spielern. Er war eine echte Führungspersönlichkeit. Komünist Yusuf zelebrierte Fußball auf dem Spielfeld und hatte dabei gleichzeitig seine Mitspieler im Blick. Er sagte ihnen, was sie zu tun hatten. Sie folgten ihm blind. Heute suchen Fußballvereine händeringend solche Führungsspieler. Auch in der Wirtschaft mangelt es uns an solchen Persönlichkeiten, an Leadern. Komünist Yusuf ist eine Lichtgestalt des Vereins, weil er für ihn lebt. Solche Leitfiguren sind letztlich das Kapital des Vereins. Ich will das nicht unter den Tisch fallen lassen, auch wenn uns das Schicksal zu erbitterten Gegnern gemacht hat. Komünist Yusuf hat ein einnehmendes Wesen. Die Kommunisten konnten das schon immer, damals wie heute: Menschen erreichen.

Sieht man aber mal von den atemberaubenden Anfangsjahren ab, ging es im Verein drunter und drüber, irgendwann ging es hauptsächlich abwärts. Im Gegensatz zu vielen, bezweifle ich, dass es daran lag, dass der Aufstieg in die 2. Bundesliga vermasselt wurde. Ich denke, es hatte vielmehr damit zu tun, dass anschließend Leistungsträger wie Komünist Yusuf das Handtuch warfen. Dass ich seine Weltanschauungen nicht teile, liegt auf der Hand. Menschen sind nicht gleich. Sie wollen nicht bevormundet, in ein Korsett gezwungen und überwacht werden. Sie lieben ihre Freiheit. Sie suchen Erfolg. Sie suchen den Aufstieg. Sie suchen ihr individuelles Glück.

Oft genug habe ich Yusuf gesagt, dass er auf dem Holzweg ist. »Ein Macher wie du könnte im Kommunismus keinen Tag überleben. Schau dir doch die DDR, Albanien oder die Sowjetunion an. Das sind grausame Diktaturen«, sagte ich. Er aber wiegelte stets ab: »Der Kommunismus, den ich meine, ist noch nicht errichtet worden.«

Zum Glück sind wir davon verschont geblieben, und was auch immer die Zukunft bringt, dieser Zug scheint endgültig abgefahren zu sein. Dennoch erfüllt es mich mit Sorge, wenn Politiker des europäischen Südens plötzlich Versprechungen machen, die nicht zu finanzieren sind, und das noch in Worte kleiden, die mich an vergangene Zeiten erinnern.

Wann immer Komünist Yusuf oder jemand anders aus dem Verein mich aufsuchte, weil man mal wieder finanziell in der Klemme steckte, habe ich getan, was ich konnte. Gut, ich hätte gelegentlich mehr tun können, das wäre für jemanden in meiner Situation möglich gewesen. Aber als Unternehmer, der ich nun mal bin, muss ich in erster Linie meine eigenen Interessen und die meiner Angestellten im Auge behalten. Wenn man das Soziale höher als das Eigene gewichtet, wenn man falsche Prioritäten setzt, ist der unternehmerische Erfolg gefährdet. Dabei ist es sekundär, ob man einen Versicherungskonzern oder eine Imbissbude führt. Es liegt auf der Hand, dass ich nichts machen kann, was meine wirtschaftliche Performance gefährdet. Trotzdem hat der Verein von meinem sozialen Engagement oft genug profitiert.

Meines Erachtens war es ein genialer Schachzug des damaligen Präsidiums, Komünist Yusuf als Trainer zurückzuholen. Er war die Option, die man ziehen konnte. Bei fehlenden Ressourcen sinken die Handlungsmöglichkeiten. Diese Erfahrung hat jeder Unternehmer schon gemacht. Zu Beginn meines Engagements im Verein war ich mit einer desolaten Ausgangslage konfrontiert. Die finanziellen Rahmenbedingungen und die miserable Reputation des Vereins verengten meinen Handlungskorridor. Umso mehr hat es mich enttäuscht, dass Komünist Yusuf, der ständig Solidarität predigte, dann keine Bereitschaft zeigte, mit mir zusammenzuarbeiten. Das glauben nur die wenigsten, aber es war so. Es wurden viele Unwahrheiten kolportiert. Für jemanden wie mich, der faktenorientiert denkt, faktenorientiert handelt, ja, faktenorientiert fühlt, sind diese emotional motivierten Falschaussagen eine schmerzhafte Zumutung.

Nachdem mich einige Präsidiumsmitglieder gefragt hatten, ob ich mir vorstellen könnte, die Geschicke des Vereins zu lenken, habe ich ihnen dargelegt, dass ich sorgfältig darüber nachdenken müsste, da meine unternehmerischen Verantwortlichkeiten meinen vollen Einsatz erforderten. Meine Geschäfte laufen ausgezeichnet. Von selbst geht das nicht. Das Leitbild meines Unternehmens ist es, mit innovativen Produkten und Angeboten auf dem vielversprechenden Weg des Erfolgs zu bleiben, und ich als CEO, muss die Firma auf ihm halten und gleichzeitig strategisch weiterentwickeln. Aber unternehmerischer Erfolg hat auch seine Kehrseite. Für etwas anderes bleibt kaum Zeit. Er verlangt viele Opfer.

Das Angebot der Vereinsoberen habe ich lange abgewogen und am Ende angenommen, daran aber auch Bedingungen geknüpft. Als CEO der Aslan-Reinigungen sind mir Grenzen gesetzt. Erstens, hatte ich erklärt, das Präsidentenamt nicht für mehr als eine Wahlperiode zu übernehmen, da dies mit meinem unternehmerischen Engagement nicht in Einklang zu bringen sei. Zweitens habe ich unmissverständlich zur Bedingung gemacht, dass wir einen Masterplan bräuchten, um den Verein auf die Erfolgsspur zu führen. Ich habe den Verantwortlichen im Verein bereits im Vorfeld meine dahingehenden strategischen Überlegungen ausführlich präsentiert. Der Verein musste wie ein Unternehmen aufgestellt und geführt werden. Wenn dieser Route gefolgt würde, wäre ich bereit gewesen, die Schulden des Vereins in Höhe von 125.000 Euro zu begleichen. Alle waren einverstanden. Nein, sie waren begeistert.

Komünist Yusuf war der Erste, der bald ausscherte. »Unser Verein ist kein Unternehmen. Das treibt uns in den Ruin«, bremste er fortan jedes meiner Bemühen um ein echtes Changemanagement.

Es muss mit seiner linken Weltanschauung zusammenhängen, dass Komünist Yusuf glaubt, immer richtigzuliegen. Das ist eine chronische Krankheit der Linken. Man kann mit ihnen nicht ergebnisorientiert diskutieren. Sie suchen nicht den ergebnisoffenen Austausch der Argumente. Ihnen geht es nur um eines: recht zu behalten. Nachdem Komünist Yusuf mich nicht weiter unterstützte und als Trainer nicht mehr zur Verfügung stand, musste schnell eine Alternative her.

So kam es zu meinem Versprechen, einen bundesligaerprobten Trainer anheuern zu wollen. Ich bin Unternehmer und kein Politiker, der leere Versprechungen macht. Also habe ich mit einigen Kandidaten verhandelt. Keiner wollte sich der Aufgabe annehmen. Ich musste ein weiteres Mal feststellen, dass unser Verein seinen Markenwert komplett verspielt hatte. Meine Gegenüber konnten mir nicht folgen, wenn ich ihnen erklärte, welche Herausforderung darin läge, unseren Verein zu trainieren. Wenn sich solche Opinionleader nicht vorstellen können, dass wir ein attraktiver Verein sind, dann schmerzt das. Auf der anderen Seite: Wer soll es ihnen verübeln? Der Verein hat zu viele Negativschlagzeilen produziert, nicht zuletzt wegen der katastrophalen Finanzen. Umso erfreulicher war es am Ende, dass ich mit Fritz Schreiner eine Einigung erzielen konnte. Er hatte in den 1980er-Jahren für sechs Wochen einen Bundesligisten gecoacht, war also nicht mehr der Jüngste. Ich wusste, dass ich hier ein Vermittlungsproblem haben würde, weshalb ich die PR-Chefin der Aslan-Reinigungen mit ins Boot geholt habe, die prompt lieferte und einprägsame Slogans fand: Erfahrung trifft Zukunft, Legenden unter sich, so etwas eben. Ich hatte zwar mein Bundesligatrainerversprechen gehalten, aber die Nachricht von der Verpflichtung schlug nicht wie erwartet ein. Die Berichterstattung in den Lokalmedien war niederschmetternd. »Rentner als Retter in Not.« Das war noch eine wohlwollende Überschrift. Die Zusammenarbeit mit den Medien ist eine heikle Angelegenheit. Sie interessieren sich nur für Schlagzeilen und Skandale. Die kommen nicht von selbst darauf, ein schönes Portrait über einen türkischstämmigen Unternehmer zu bringen, der einfach nur erfolgreich ist. Das passiert eigentlich nur dann, wenn Wirtschaftsflüchtlinge, kriminelle Migranten oder Salafisten die Titelseiten beherrschen. Dann sind Gegenbeispiele gefragt, ansonsten nicht. Die Negativpresse zur Schreiner-Verpflichtung hätte meine PR-Chefin ganz gut weggebügelt. Aber als der neue Coach unseren Mittelstürmer im Training mehrmals »Neger« gerufen hatte, löste er eine Welle aus, die wir nicht aufhalten konnten. Die Mannschaftskollegen boykottierten das Training, kleine Proteste vor dem Trainingsgelände und einiges mehr. Immer vorneweg: Komünist Yusuf.

Ich habe den Schreiner zur Seite genommen: »Kommen Sie, Trainer, entschuldigen Sie sich. Sie sagen, dass es nicht so gemeint war, und die Sache ist schnell aus der Welt.«

»Was soll denn nicht so gemeint gewesen sein?«, bockte Schreiner.

»Sie können Didier Niang nicht ›Neger‹ nennen.«

»Ist er denn keiner?«

Im Fußball ist es wie in der Wirtschaft. Nein, Fußball ist Wirtschaft. In wichtigen Situationen müssen Sie schnell entscheiden und konsequent handeln. Deshalb entband ich Fritz Schreiner von seinen Aufgaben. Mit Ewiggestrigen kann ich nicht zusammenarbeiten. Aber Komünist Yusuf gab keine Ruhe. »Unser Verein ist kein Unternehmen.« Dieses Motto zog immer größere Kreise. Schon bald formte Komünist Yusuf eine schlagkräftige Gegenbewegung.

Meine Wahl zum Präsidenten war historisch gewesen. Ich hatte 94 Prozent der Stimmen erhalten. Dieses überwältigende Ergebnis war eine schmeichelnde Bestätigung meiner unternehmerischen Performance und Integrität. So stand es in der Pressemeldung, die meine PR-Chefin an die Medien versandte. Leider fand sie keinen großen Niederschlag.

Zur ersten Präsidiumssitzung brachte ich besten Champagner mit, bis dahin waren Tee und Wasser getrunken worden. Er schmeckte allen und half, dass wir schnell durch die Agenda kamen. Den eigentlichen Clou aber hatte ich mir für den Schluss aufgehoben: Als Teambuildingmaßnahme, damit in Zukunft alle an einem Strang ziehen würden, schlug ich vor, dass das neue Präsidium zum Derby nach Istanbul fliegt. Ich hatte spontane Reaktionen erwartet. Jubel, einen Aufschrei, irgendetwas. Aber meine Kollegen im Präsidium schwiegen abwesend. Ich erklärte ihnen, dass ich als Investition für die Zukunft gedachte, sie alle einzuladen, Flug, Unterkunft, Tickets, alles ginge auf meine Rechnung.

Das kollektive Schweigen dauerte noch ein wenig an, doch dann sah ich in erste zufriedene Gesichter. Der eine oder andere klagte, dass er viel zu tun habe oder es schwierig werden würde, der Familie den Derbyausflug zu erklären. Am Ende aber flogen alle mit.

Ich brachte uns im Grand Hotel de Londres unter, Sie selbst werden es aus Fatih Akins Filmen kennen. Es ist kein wirkliches Luxushotel, aber Bescheidenheit sollte man nie ablegen, egal wie erfolgreich man unternehmerisch ist. Wir ließen es uns gut gehen und nutzten die Zeit, um uns intensiv über mein Zukunftsmodell für den Verein auszutauschen. Das waren produktive Besprechungen.

Aber ich musste lernen, dass es immer wieder Rückschläge gibt und auch die besten Ideen keine Garantie für Erfolg sind. Am Tag des Derbys hatte ich noch ein Business Meeting. Es ist wie ein Fluch. Für uns Unternehmer sind selbst solche Kurztrips meist mit Terminen und Arbeit verbunden. Wir können nie abschalten. Mein Blackberry ist immer an.

Mit meinen Präsidiumskollegen verabredete ich mich für 16 Uhr in der Stadionloge meines Istanbuler Geschäftspartners Mesut Bey, der sie für die Saison gemietet hatte. Es war ihm eine große Freude, uns dort zu begrüßen. Meine Präsidiumskollegen konnten gepflegt essen, am Whisky nippen und dabei zusehen, wie sich die Spieler auf dem Rasen warm machten. So hatte ich es mir zumindest ausgemalt. Was die Einhaltung von Terminen betrifft, bin ich Preuße. Lieber fünf Minuten früher, als eine Minute zu spät, eine Eigenschaft, die sich hier in Deutschland als sehr wichtig herausgestellt hat. Also traf ich überpünktlich in der Loge ein, bestellte einen Sekt und plauderte mit Mesut Bey. Als um 16:30 Uhr meine Präsidiumskollegen immer noch nicht aufgetaucht waren, rief ich sie auf ihren Handys an. Ich konnte keinen erreichen und war genervt, denn ich fand das gegenüber unserem Gastgeber sehr respektlos.

Dann vibrierte endlich mein Blackberry: Ismail.

Er bat mich, sie abzuholen, da sie den Weg zur Loge nicht fanden. Ich folgte am Telefon Ismails Beschreibungen und landete auf dem

Vorfeld des Stadions in einem Pulk fanatischer Fans. Es roch nach Rauch und Marihuana. Lautes Trommeln und dröhnende Technobässe betäubten meine Ohren. Auf der Motorhaube eines deutschen Mittelklassewagens lagen Sportseiten ausgebreitet, darauf standen Plastikteller mit Oliven, Schafskäse sowie Paprikacreme. Ein Jugendlicher goss Wodka und Granatapfelsaft in Pappbecher. Mein gesamtes Präsidium stieß auf das Wohl unseres Vereins an. Sie fielen mir abwechselnd um den Hals und tanzten im Kreis.

Das ging zu weit. Ich meine: Wir waren Repräsentanten unseres Vereins, ich selbst bin außerdem seit Dekaden in der deutsch-türkischen Wirtschaftscommunity aktiv. Nicht auszumalen, wenn uns jemand erkannt hätte. In meiner Position konnte ich es nicht gutheißen, dass meine Präsidiumskollegen sich mit Ultras besoffen, egal ob in der Türkei, in Deutschland oder Honolulu. Das Wort Imageschaden kannten sie nur vom Hörensagen. Diese Vereinstrottel machten es mir nicht leicht. Da lud ich meine Präsidiumskollegen zu einem All-inclusive-Fußballevent der gehobenen Kategorie ein, und sie hatten nichts Besseres zu tun, als sich mit dem Istanbuler Fangesindel die Kante zu geben.

Kultiviert trinken, dagegen habe ich nichts. Ich glaube nicht an Verbote. Menschen den Alkoholkonsum zu verbieten oder ihn einschränken zu wollen, halte ich für den falschen Weg. Es ist kein Geheimnis und möglicherweise auch Ihnen bekannt, dass ich der AKP nahestehe. Wer gut arbeitet und auf die richtigen Ansätze in der Wirtschaftspolitik setzt, kann sich meiner Unterstützung sicher sein. Die AKP hat die Türkei nach vorn gebracht. Die Wirtschaft boomt. Die Menschen haben Arbeit, viele kleine und mittelständische Unternehmen sorgen selbst außerhalb des Landes für Aufmerksamkeit. Die Türken reisen inzwischen ins Ausland in den Urlaub. Wann hat es das gegeben? Unter den vorherigen Regierungen bestimmt nicht. Aber den Bürgern vorzuschreiben, wie sie zu leben haben, das wird noch zum Bumerang.

Neulich hatte ich gemeinsam mit anderen Unternehmern die Gelegenheit, mich im kleinen Kreis mit dem türkischen Wirtschaftsminister auszutauschen. Dabei habe ich meine Bedenken vorgetragen: »Schreibt ihnen nicht vor, wie viele Kinder sie auf die Welt bringen sollen. Lasst sie selbst entscheiden, ob sie rauchen oder Alkohol trinken.« Es war unübersehbar, dass der Herr Minister mit meinen Einlassungen wenig anfangen konnte.

Fast wäre damals in Istanbul das Derby endgültig zur Nebensache geworden. Glücklicherweise aber folgten die Präsidiumsmitglieder schließlich meiner Aufforderung, endlich die Loge anzusteuern. Es war noch knapp eine Viertelstunde bis zum Anpfiff. In der VIP-Loge fiel auf, wie betrunken meine Delegation war. Kaum verwunderlich, da meine Kollegen im Chor lauthals den Namen unseres Vereins brüllten und deutsche Gassenhauer sangen. Hier in Deutschland würden sie deutsches Liedgut strikt ablehnen, von wegen Bewahrung nationaler Identität und so. Aber in Istanbul gaben sie ein Lied nach dem anderen zum Besten. Diese Singerei war alles andere als gute Werbung in eigener Sache. Ich betete innerlich, dass mich niemand auf der Haupttribüne erkannte und die Fernsehkameras mein Gesicht nicht einfingen. Wenigstens als Unternehmer wollte ich den Schaden begrenzen, wenn es mir schon nicht als Präsident des Vereins gelang. Dieses Gebaren meiner Kollegen ärgerte mich maßlos, zumal ich beim Präsidenten der Heimmannschaft vorgefühlt hatte, ob wir für die kommende Saison aus seinem Team zwei Edelreservisten ausleihen könnten. Das hätte uns nicht nur sportlich geholfen, sondern auch gute Presse eingebracht. Denn wenn ich mir diesen Wahnsinn schon antat, dann wollte ich, dass es positiv auf mich und mein Unternehmen abstrahlte. Solche kommunikativen Abstrahleffekte sind ein Schlüsselfaktor für unternehmerischen Erfolg. Davon weiß inzwischen selbst jeder Kleinunternehmer ein Lied zu singen.

In der Halbzeitpause bekam ich kurz die Gelegenheit, von Präsident zu Präsident die Transfers anzusprechen.

»Mein lieber Şefik Bey, wenn ich mir Ihre Begleiter so anschaue, kommen in mir leichte Zweifel auf. Ich bin bisher davon ausgegangen, dass Ihr Verein von Profis geführt wird, die wissen, was sich gehört und was nicht.«

»Werter Präsident, dem ist sicherlich so. Aber im Derbystress haben sie ein wenig übertrieben. Das ist alles«, entschuldigte ich mich für meine Begleiter.

Wie peinlich mir das war. Während in der Halbzeitpause Balkanmusik lief, wippten alle in unserer Loge dezent mit, nur meine Entourage grölte sich noch immer die Seele aus dem Leib.

»Werter Präsident, finden wir nach dem Spiel kurz Gelegenheit konkret über die Leihgaben zu sprechen?«, versuchte ich, ihn aus der Reserve zu locken.

»Können Sie mir denn zusichern, dass meine Spieler ein mögliches Abenteuer in Ihrem Klub unbeschadet überstehen würden?«, schmunzelte er, wie nur Istanbuler Geschäftsleute schmunzeln können, und ich wusste, dass ich die Wechsel vergessen konnte.

Als Geschäftsmann habe ich einen Riecher dafür, wann ein Deal klappt und wann er platzt. Die Jahrzehnte im Business haben mich das gelehrt.

Wieder zurück in Almanya wartete meine eigentliche Großbaustelle auf mich. Die dramatische Finanzsituation erforderte einen umfassenden Aktionsplan. In einer weiteren außerordentlichen Mitgliederversammlung führte ich den Mitgliedern vor Augen, dass die Insolvenz nicht abzuwenden sei, wenn wir nicht grundlegende Strukturveränderungen vornahmen und uns auf den sportlichen Erfolg der ersten Mannschaft konzentrierten. Außerdem schlug ich vor, alle Bereiche in Profitcenter umzuwandeln. Das hätte bedeutet, dass soziale Projekte wie das Engagement gegen Homophobie als eine Art GbR geführt würden. Die Projektleiter sollten die ökonomische Verantwortung tragen und persönlich haften. Die klare Strategie lautete: mit ökonomischer Vernunft und Effizienz wegweisende Schritte in Richtung Zukunft unternehmen.

»Wo bleiben eigentlich die versprochenen 125.000 Euro?«, lautete damals die erste Nachfrage auf meinen Vortrag.

Dann meldete sich auch noch eines der kurdischen Vereinsmitglieder zu Wort und wollte die Tagesordnung um die Vorfälle im Gezi-Park erweitert wissen. Auch ich fand es nicht geschickt, wie die Polizei gegen die Protestierenden in Istanbul vorgegangen war, obwohl diese gegen geltendes Recht verstoßen hatten. Die AKP-Politiker hatten sich bei den Gezi-Protesten nicht gerade als gute Krisenmanager erwiesen. Der Ministerpräsident hätte auf die eine oder andere spitze Bemerkung verzichten sollen. Nicht Provokation, sondern Dialog ist der Schlüssel. Meine Freunde von der AKP müssten es doch besser wissen, wo doch sie es sind, die mit Gesprächen den Konflikt mit den Kurden endlich beilegen wollen.

Ich weiß, die Globalisierung macht den letzten Hinterhof zu unserem Vorgarten, aber warum sollten wir in einer Mitgliederversammlung unseres Vereins eine innertürkische Angelegenheit behandeln? Diese Stümper im Verein waren einfach fehlgeleitet. Aber im Gegensatz zu ihnen kenne ich sehr wohl die demokratischen

Gepflogenheiten: Wenn also die Mehrheit diskutieren wollte, dann sollten sie eben über die Zukunft der Bäume im Gezi-Park reden. Selbst schuld.

Ich hätte auf Leyla, eine Sozialarbeiterin, die lange ehrenamtlich im Verein tätig war, hören sollen. »Sie werden es nicht schaffen. Dieser Verein ist mausetot. Man muss neue Geschichten schreiben«, hatte sie geargwöhnt. Aber genau das hatte ich vor.

Deswegen wollte ich Leyla im Präsidium haben. Ich bin bestimmt kein Befürworter der Quote, wenn es darum geht, Führungspositionen in der Wirtschaft mit Frauen zu besetzen. Wettbewerb muss Priorität haben. Ich will bei Aslan-Reinigungen immer die Besten haben. Mann oder Frau – das ist sekundär. Gut, in meinem Sektor stellt sich die Frauenfrage nicht. Meine Mitarbeiter sind überwiegend weiblich. Unter den Teamleitern haben wir selbstverständlich ebenfalls Frauen. Die genaue Zahl habe ich gerade nicht greifbar. Es werden einige sein. Ich blicke auf Leistung, und das schon mein ganzes Leben lang. Wer bei Aslan-Reinigung nicht performt, wird freigesetzt. Da unterscheiden wir nicht zwischen Mann und Frau. Aus unternehmerischer Erfahrung kann ich aber bezeugen, dass Frauen eine andere Perspektive einbringen. Gerade beim Fußball und im Sozialbereich ist es für die Außenwirkung nicht schlecht, wenn Frauen Teil des Teams sind.

Lange habe ich überlegt, ob nicht auch unsere langjährige Internetbeauftragte Frau Brandt eine Option für das Präsidium wäre. Sie machte auf mich einen extrem engagierten Eindruck. Die Texte auf der Website waren sehr gut. Wenn man sie las, konnte man glatt denken, dass unser Verein nichts mit Türken zu tun hatte. Wirklich, auffällig gutes Deutsch. Aber sie ist nicht nahe genug am Puls der Zeit, ein Tick zu viel Öko, ein Hauch zu viel Frauenbewegung. Ich habe mit ihr Vorgespräche geführt. Das muss man tun, um sich ein abschließendes Bild zu machen, ob eine Person tatsächlich das Zeug dazu hat, Führungsaufgaben zu übernehmen.

Beim wichtigen Thema Neue Medien kamen mir dann jedoch ernste Zweifel. Ich wollte von ihr wissen, wie sie die Potenziale von Twitter beurteile und ob wir dort erfolgreich wären. Als sie das bejahte, wollte ich wissen, woran sie dies festmache.

Was antwortete sie? »Wir haben mehr Follower als zahlende Mitglieder.« Das war durchaus schlagfertig.

Als ob ich nicht wüsste, dass bei Twitter 69 Follower nichts sind. Meine PR-Frau hatte mir in der Auswertung notiert: »Das ist der Beweis von Nicht-Existenz.« Nur zwei Rücktweets, oder wie das genau heißt, im letzten halben Jahr. »Eine Bankrotterklärung«, stand neben den Zahlen, mit drei Ausrufezeichen.

Als ich Frau Brandt nach ihren Verbesserungsvorschlägen fragte, sagte sie bloß, man brauche bei Twitter Geduld, dann werde das schon.

Auch wenn ich selbst in Sachen Social Media kein Spezialist bin und das auch weiß, war ich diesbezüglich weniger optimistisch. Und Abwarten war im Geschäftsleben noch nie eine erfolgreiche Strategie.

Bezüglich der anderen Plattformen sah es nicht viel besser aus. Angela Brandt fand, dass Facebook überschätzt und eine primitive Gerüchteküche und Selbstdarstellungsshow sei. Das bekomme sie täglich mit, weil ihre Tochter Facebook-Intensivnutzerin sei. Instagram und flickr wären bestenfalls nur Spielereien. XING und LinkedIn kannte Frau Brandt »aus eigener Erfahrung« nicht. Ich musste mich wirklich beherrschen. Dass so jemand Internetbeauftragte unseres Vereins war! Was für ein Bild gaben wir bei unseren

Spielern und Vereinsmitgliedern ab, für die soziale Netzwerke zu ihrem Leben gehörten wie der schwarze Tee zum Simit? Ich händigte Frau Brandt mit einem Lächeln die aktuelle Auswertung der Social-Media-Aktivitäten von Aslan-Reinigungen aus. Vielleicht würde sie nach der Lektüre verstehen, dass man mit angezogener Handbremse dort nicht weit kam.

Ohne Internetpräsenz hätte ich sicher nicht so viele Kunden, die ihre Hemden bei mir gereinigt haben wollen. Mit Preisdumping à la 99 Cents allein geht das nicht mehr. Aber erklären sie das mal den Leuten im Verein, egal ob Komünist Yusuf, Türk Richard oder Angela Brandt.

Trotz meiner Skepsis bezüglich ihrer Neue-Medien-Expertise war ich nicht abgeneigt, Frau Brandt im Präsidium eine Chance zu geben. Dann jedoch hörte ich, dass sie regelmäßig einen Psychotherapeuten aufsuchte. Es spricht zwar für jemanden, dass er weiß, wann er therapeutische Hilfe benötigt, aber einen Verein wieder in die richtige Bahn zu lenken erforderte Stabilität. Daher erschien es mir riskant, einen Platz im Präsidium mit ihr zu besetzen.

Ich muss das tun, Risiken abwägen. Im Management ist kein Platz für Experimente.

Bei Leyla hingegen hatte ich keinerlei Bedenken. Warum auch? Leyla konnte auf eine respektable Karriere im Sozialbereich verweisen. Seit einiger Zeit unternahm sie erste Gehversuche in der privaten Wirtschaft und engagierte sich in ihrer Freizeit gegen Gewalt an Kindern. Ich wollte, dass Leyla im Vorstand für den Jugendbereich verantwortlich zeichnete. Das hätte exzellent zu ihrer Streetworker-Vergangenheit gepasst. Ich glaube nicht, dass es die Lösung gewesen wäre, aber wenn es ihr gelungen wäre, ein paar Kids von der Straße in den Verein zu holen, warum nicht? Solche symbolischen Erfolge lassen sich gut kapitalisieren. Aber Leyla wollte partout nicht das Profitcenter »Youth« leiten.

Leyla hat mir anvertraut, dass der Verein so manche Fördergelder veruntreut habe. Mir war davon nichts bekannt und so fragte ich sie nur, warum sie in ihrer Zeit im Vorstand nichts dagegen unternommen habe. Sie sagte nur, die Leute im Verein hörten immer nur das, was sie hören wollten.

Sie hatte mich also vor diesem Amt gewarnt. Leyla schmeichelte mir und pries meine unternehmerischen Erfolge. Ich spiele in einer anderen Liga und solle mir die Hände nicht schmutzig machen. Ich solle lieber einen deutschen Verein aus dem Profibereich unterstützen.

Nun, erstens wollte ich nicht in dieser Dimension einsteigen, zweitens hing ich an unserem Verein, und drittens war es für mich konsistenter, einen insolventen Türkenverein nach oben zu bringen. Das war authentisch. Das war stark. Das hatte großes Public-Relations-Potenzial. Wenn schon meine Businesserfolge den Journalisten nicht heiß genug waren, die Wiederauferstehung unseres Vereins unter meiner Führung wäre eine reizvollle Story geworden. Sie hätte Aslan-Reinigungen noch bekannter gemacht. Facebook hin oder her, ohne die Printmedien geht's auch nicht.

Im Nachhinein zerreißt es mich innerlich, dass ich als faktenorientierter Mensch einen solchen Kardinalfehler begehen konnte. Denn die Fakten sprachen gegen mein Engagement als Präsident dieser Gurkentruppe. Es hätte mir Warnung genug sein müssen, dass zwielichtige Geschäftsmänner, die sich vor mir im Verein engagiert hatten, jedes Vertrauen auf echtes Unternehmertum verspielt hatten. Da tummelten sich selbst ernannte Geschäftsleute, die keine waren. Die hatten alle ein Loch in der Hosentasche. Da präsentierten sich

Existenzen, die mit einer drohenden Insolvenz zu kämpfen hatten. Sie fuhren Geschäftswagen, aber mit der Firma, auf die das Auto gemeldet war, hatten sie nichts zu tun. Sie wohnten irgendwo zur Untermiete und gaben sich als Krösus aus. Einer von ihnen landete wegen illegalen Uranhandels im Gefängnis.

Bei der besagten außerordentlichen Mitgliederversammlung kam es beim hinzugefügten Tagesordnungspunkt Gezi zu Tumulten. Sofort bildeten sich zwei Lager, die fast aufeinander losgegangen wären, wenn Türk Richard nicht energisch dazwischengegangen wäre. Ich verschwand durch den Hintereingang und ließ diese Dilettanten unter sich.

Doch leider kam ich nicht in den Genuss, selbst abzutreten. Komünist Yusuf und seine Initiative »Unser Verein« hatten alles in die Wege geleitet. Sie gewannen drei Präsidiumsmitglieder für sich, die eine neue Mitgliederversammlung einberiefen. Ganz nach den Statuten des Vereins. In der Zwischenzeit fanden sich sogar Lokalpolitiker, die Komünist Yusufs Initiative »Unser Kiez – unser Verein« unterstützten. An deren Plakate überall in den Straßen werden Sie sich sicher noch erinnern. Würde mich nicht wundern, wenn die aus der Vereinskasse bezahlt worden sind.

Wer Romantik einer Win-win-Situation vorzieht, der wird langfristig wenig erreichen. Da helfen auch bunte Plakate nicht. Früher oder später werden sie das auch herausfinden. Ob der Verein dann noch existiert? Die Fakten sprechen nicht dafür.

Sie sehen: Es ist nicht leicht, neue Ideen in alten Strukturen umzusetzen. Was meinen Sie? Werden Sie als *neue* Deutsche die *alten* Deutschen besser einbinden und für Ihre Ziele gewinnen können?

Ich freue mich jetzt auf spannendes Gespräch mit Ihnen.

ABSEITS UND ABSCHAUM

Ich habe es satt. Schon ziemlich lange habe ich es richtig satt. Als Schiedsrichter werden wir wie Abschaum behandelt. Ich, Jonas Licht, weiß, wer allen das Recht gibt, uns herabzuwürdigen: Es ist der Fußball. Natürlich hört sich das zunächst sehr oberflächlich an. Deswegen will ich ein paar Worte mehr darüber verlieren, ohne bloß eine Liste der Schuldigen herunterzurattern. Fußball funktioniert als Summe der einzelnen Teile. Wir Schiedsrichter sind Teil dieses Systems. Wir tragen Mitschuld. Denn beim Fußball ist es wie im richtigen Leben: Niemand ist unschuldig. Was aber macht gerade den Schiedsrichter zum Hassobjekt, zur Zielscheibe und zum Opfer unkontrollierter Wut? Würde jemand sich diesen Fragen widmen, er könnte mit dieser Spurensuche Bibliotheken füllen. Was für ein altmodisches Bild! Ich hätte Festplatten sagen sollen.

Ja, ja, ich höre schon, wie andere mich beschwichtigen: Herr Licht, scheren Sie bitte nicht alles über einen Kamm, es ist ja wohl ein Unterschied, ob Sie ein Spiel in der tiefen Provinz oder auf den großen Bühnen des Fußballs, in Busendorf oder in London pfeifen? Mag sein.

Mein Problem ist nur: Ich habe noch nie in London gepfiffen, und es sieht auch nicht so aus, als würde ich das eines Tages noch tun. Darum geht's ja auch nicht. Ich neige nicht zur Radikalität, aber heute geht es mir so, dass ich denke, ich sollte ohne mit der Wimper zu zucken auf alles pfeifen.

Vor ein paar Wochen habe ich ein Spiel bei einem Dorfverein geleitet. Es goss in Strömen. Trotzdem hatten etwa 50 Fans und Angehörige zu diesem A-Jugend-Spiel gefunden. Das ist die absolute Ausnahme. Die Zuschauer waren nicht gekommen, weil es sich um ein Spitzenspiel handelte und man Nationalspieler von morgen bestaunen konnte, sondern weil ein Klub aus einem Problembezirk aus der Großstadt zu Gast war, der auch noch einen deutsch-türkischen Vereinsnamen führte. Eine Partie zwischen diesen beiden Klubs ist immer brisant. Deswegen habe ich vor dem Anpfiff beide Kapitäne zu mir in die Kabine gebeten.

»Männer, wir wissen um die Bedeutung der nächsten 90 Minuten. Bitte keine Provokationen und keine Unsportlichkeiten. Auf dem Platz zählt Fairness. Möge der Bessere gewinnen.«

Der Kapitän des Problembezirksvereins fiel mir ins Wort: »Alles klar, Schiri. Verlangen Sie aber nicht von uns, dass wir vor dem Anpfiff eine Erklärung zu Respekt und Toleranz vorlesen.«

Nein, das wäre wirklich keine gute Idee gewesen. Mir war klar, was die beiden Spielführer mir zu verstehen geben wollten. Ihre Mannschaften dümpelten im Tabellenmittelfeld, sportlich ging es nicht um viel.

Trotzdem war ich froh, dass Polizeibeamte anwesend waren. Ich sagte mir: Heute, Jonas Licht, darf dir kein Fehler unterlaufen, zumindest keiner, der spielentscheidend ist. Ansonsten kann es ungemütlich werden. Das wäre selbst bei einem Freundschaftsspiel so. Andererseits: Ein Freundschaftsspiel zwischen diesen beiden Vereinen ist so wahrscheinlich wie ein Bekenntnis des Papstes zur Homosexualität.

In der ersten Halbzeit gab es keine besonderen Vorkommnisse. »Scheiß Kanaken, haut ab in eure Heimat.« – »Halt's Maul, du Nazi.« – »Schiri, du Schwuchtel, du pfeifst für die Kanaken. Bist du selber einer?« – »Schiri, du Schwuchtel, du pfeifst für die Nazis. Bist du selber einer?« Solche Äußerungen fallen bei mir längst nicht mehr in die Kategorie »besondere Vorkommnisse«.

In der zweiten Halbzeit entschied ich nach einem klaren Foul im Strafraum auf Elfmeter für den Dorfverein. Mann, Mann, Mann, die Problembezirksjungs fühlten sich aber betrogen! Die hörten gar nicht mehr auf, sich zu beschweren. Sie jammerten und jammerten. Ich zückte drei Gelbe Karten, damit endlich Schicht im Schacht war. Offensichtlich ermutigt durch meine Entschlossenheit, begannen einige Zuschauer, wie aus dem Nichts die deutsche Nationalhymne zu singen.

Wieder hatte ich das Vergnügen mit dem Großstadtkapitän: »Schiri, was soll das jetzt? Wieso singen die unsere Hymne?«

»Wieso Ihre? Das ist doch die deutsche Hymne.«

»Sag ich doch!«

Da hatte er mich auf dem falschen Fuß erwischt. Der Kapitän lächelte zufrieden. Ich habe die Spieler auf dem Feld gebeten, sich kurz zu gedulden, bin rüber zu den Zuschauern, die immer noch sangen.

»Mir ist es grundsätzlich schnuppe, wann Sie die Nationalhymne singen, aber vielleicht sollten Sie es jetzt sein lassen, das provoziert doch nur.«

Wahnsinn! Sie hörten tatsächlich auf. Ich rannte zurück zum Elfmeterpunkt und gab den Strafstoß frei. Der Stürmer des Dorfvereins drosch den Ball mit Wucht ins Tor. Hätte er den Torwart getroffen, wäre der ebenfalls in den Maschen gelandet.

Schon wieder baute sich der Kapitän des Problembezirksvereins vor mir auf, gestikulierte wild und zeigte in Richtung Zuschauer. Da war er wieder, der Hitlergruß. Was sollte ich machen? Als Schiedsrichter regele ich eigentlich nur die Geschehnisse auf dem Platz, aber Nazikult wollte ich nicht durchgehen lassen. Also trabte ich wieder zu den Zuschauern, ermahnte sie freundlich und bat alle, von weiteren Provokationen abzusehen. Dann wollte ich mit den beiden Polizisten Rücksprache halten. Auf dem Weg zu ihnen, wurde ich von einer Coladose getroffen. Zum Glück war sie schon leer. Ich bat die Polizeibeamten, die Situation genauer im Blick zu behalten. Genau das würden sie machen, den Hitlergruß aber hätten sie nicht gesehen. Ich bat sie, ein Auge darauf zu haben.

Wieder zurück auf dem Feld musste ich mich erneut mit dem Problembezirkscapitano auseinandersetzen. Mann, Mann, Mann, der hat als Spielführer die Rolle seines Lebens gefunden, dachte ich. Und er? Droht damit, das Spielfeld zu verlassen – mit der gesamten Mannschaft, versteht sich. Sofort bildete sich eine Traube von Spielern, die kollektiv »Jawohl!« und »So ist es« brüllten. Ich schickte alle weg, weil sich inzwischen auch die Spieler des Dorfvereins dazugesellen wollten.

»Wenn Sie gesund und sicher nach Hause kommen wollen, lassen Sie uns das Spiel zu Ende spielen, dann ist doch alles gut.«

Aber der Kapitän stelle eines klar: »Wir spielen nicht, während die C&A-Opfer den Hitlergruß machen. Was machen Sie sich Sorgen um unsere Gesundheit und Sicherheit? Azzlacks nehmen es mit jedem auf.«

Mann, Mann, Mann, der Junge war Kandidat für die Meisterschaft der Halbstarken. Sie hätten keine Angst vor den Nazis. Ihr ganzes Leben sei ein Kampf gegen Nazis. Und lauter solche Sprüche.

Das war für mich eine Spur zu viel Möchtegernrebell aus dem Ghetto, aber als Schiedsrichter beherrsche ich die Kunst des Ignorierens. Jedenfalls gelang es mir, ihn und seine Mannschaftskameraden zur Fortsetzung der Partie zu bewegen. Die Androhung von möglichen Konsequenzen durch Entscheidungen des Verbandes, etwa Geldstrafe, Punktabzug und Ähnliches hat sicherlich nicht geschadet. Das Spiel gewann an Härte, andauernd musste ich die Begegnung unterbrechen. Doch damit nicht genug. Ich sprach dem Problembezirksverein gleich zwei Elfmeter zu und zeigte dem Torwart des Dorfvereins die Rote Karte. Selbstverständlich hatten meine Entscheidungen nichts mit dem zuvor Geschehenen zu tun. Hitlergruß hin oder her – für einen Schiedsrichter verbietet es sich, Partei zu ergreifen. Dass ich ihren Torhüter des Platzes verwies, erwies sich als folgenschwer, denn drei Hitlergruß-Zuschauer stürmten auf den Platz und gingen auf die Spieler der Gastmannschaft los. Für mein Gefühl dauerte es einen Tick zu lange, bis die beiden Polizeibeamten Herr der Lage wurden. Sie riefen Verstärkung. Mir blieb keine andere Wahl, als die Partie vorzeitig abzupfeifen. Später eskortierte die Polizei die Großstadtmannschaft und mich aus dem Kaff hinaus.

Sieht man von zwei Spielern des Problembezirksvereins ab, die bei der Zuschauerattacke verletzt worden waren, kamen wir unversehrt nach Hause. Als ich noch am selben Abend meinen Spielbericht verfasste, dämmerte mir, dass ich bei diesen beiden Mannschaften nicht so schnell wieder eingesetzt werden würde.

Solche Spiele sind keine Ausnahmen. Oder warum sollten Fußballverbände wie die FIFA, UEFA oder der DFB Aktionen gegen Rassismus oder Initiativen für Toleranz lostreten? Aus Jux und Tollerei bestimmt nicht. Bestünde dahingehend kein Bedarf, würden sie von sich aus so etwas nie tun. Schließlich sind das keine Positivthemen, um es im Funktionärsjargon zu sagen. Die können für eine schönere Fußballwelt werben, so viel sie wollen, der Fußball kommt ohne Feindschaft und Hass nicht aus.

Aber warum höre ich inzwischen nicht einfach weg, wenn ich beleidigt und beschimpft werde? Warum bin ich nach all den Erlebnissen nicht immun gegen Beleidigungen und Beschimpfungen?

Vor einiger Zeit war ich zu einem bundesweiten Schiedsrichterlehrgang des DFB eingeladen. Ich habe nicht herausfinden können, wie ich zu dieser Ehre gekommen bin. An diesem Lehrgang nahmen auch Kollegen teil, die man aus der Bundesliga und internationalen Wettbewerben kannte. Das war ein Fest für mich. Ich hörte sehr genau zu, wenn sie das Wort ergriffen. Nein, Prominenz bedeutet mir nichts. Ich war neugierig auf ihre Wortbeiträge, weil ich sonst keinen Einblick habe, wie es im Profifußball zugeht. Genauer gesagt, war ich gespannt darauf zu erfahren, wie Schiedsrichter dort behandelt werden, wie der Umgang zwischen Spielern und Schiris ist.

Es gibt Unterschiede, aber das Buhmanndasein werden wir Schiedsrichter nirgendwo los. Wären wir nicht eine Gesellschaft, die immer weniger hinschaut, immer mehr alles als gegeben hinnimmt und immer schneller von einem zum nächsten hetzt, würden wir innehalten und all das hinterfragen, wenn wir erfahren, dass ein Schiedsrichter versucht hat, sich in einem Hotelzimmer das Leben zu nehmen. Und das an einem Samstag, an dem er wenige Stunden später ein Bundesligaspiel hätte leiten sollen. Ein kurzer Aufschrei, einige Tage Aufregung in den Medien, ein paar Worte der Betroffenheit, das war's.

Selbstverständlich war dieser Vorfall auch ein Thema auf der Tagung. Nicht im Rahmen der offiziellen Tagesordnung, wohl aber bei Flurgesprächen oder beim Essen. Ich war nicht der Einzige, dem es keine Ruhe ließ, warum unser Kollege ausgerechnet am Spieltag diesen Suizidversuch unternommen hat. Was wollte er uns damit sagen?

Die meisten haben keine Vorstellung, wie oft Schiedsrichter bedroht werden. Einige erhalten sogar Morddrohungen. Wenn ich in meinem Freundes- und Bekanntenkreis erwähne, heißt es wie aus der Pistole geschossen: Doch nicht in Deutschland! Doch, das passiert auch bei uns. Überhaupt: Warum sollte es mich weniger kümmern, wenn ein Kollege in England, Kolumbien oder in Zaire in Lebensgefahr ist? Ich fühle mich mit ihnen verbunden, egal ob sie ein Spiel der E-Jugend irgendwo in der deutschen Provinz oder das WM-Finale im Maracanã pfeifen.

Ich warte darauf, dass Schiedsrichter auspacken, unter welchem Druck sie stehen. Aber das wird wohl noch dauern. Ich meine, wen schert es, wenn ich es tue? Die Nicola Rizzolis, Cüneyt Çakırs, und Felix Brychs müssten es tun. Wir können pfeifen, nicht aber reden. Mann, Mann, Mann, dabei gibt es so viel zu sagen.

Damit meine ich nicht die Geschichten, die in letzter Zeit Auflage und Einschaltquoten brachten. Eine vermeintliche Liebesaffäre zwischen zwei Männern in Schwarz, der Ältere baggert den Jüngeren an, verspricht ihm, ihn bei seiner Karriere zu unterstützen. Sie gehen essen, unterhalten sich angeregt. Ein Fotograf, der ganz zufällig im selben Restaurant speist, knipst unbemerkt. Einen Tag später meldet er sich bei dem älteren Schiedsrichter, der verheiratet ist und drei Kinder hat. Der Paparazzo erwähnt am Telefon am Rande, dass ein Boulevardmagazin sich für die Bilder vom Candle-Light-Dinner des Vorabends interessiere. Schon ist die Jagd eröffnet. Die Geschichte wird öffentlich, ohne dass klar wäre, wovon sie handelt.

Ein Abendessen zwischen zwei Kollegen, eine Affäre oder gar eine schwule Beziehung? Es folgt eine Schlammschlacht. Später wird einer von beiden als Schiedsrichter zurückgestuft, der andere stirbt in seinen eigenen vier Wänden an einem Herzinfarkt. Ein schneller Nachruf und der Vorfall ist ad acta gelegt.

Ich bin weder zynisch, noch käuflich. Selbst als Schiedsrichter aus dem Amateurbereich fühle ich mich genötigt, das klarstellen zu müssen. Leider kann ich zum jetzigen Zeitpunkt Ort, Zeit und handelnde Personen nicht benennen, aber ich habe selbst einen Bestechungsversuch erlebt. Die zuständigen Behörden gehen dieser Sache nach, Ausgang offen.

Vor einem Spiel erhielt ich einen Anruf. »Können wir uns unterhalten? Persönlich?«, fragte der Anrufer. »Verstehen Sie mich nicht falsch, aber ich kann am Telefon nicht sprechen. Es ist keine große Sache.«

»Worum geht es? Woher haben Sie überhaupt meine Nummer?«

»Ich bin Hans.«

»Wie weiter? Hans sagt mir nichts.«

»Hans im Glück. Es geht auch um Ihr Glück. Glück ist vielleicht übertrieben. Aber es könnte etwas für Sie drin sein.«

»Und wie?«

»Nur pfeifen.«

Daraufhin habe ich sofort das Gespräch beendet, mich kurz gesammelt, dann die Verantwortlichen im Verband informiert und die Polizei verständigt. Einige Tage später habe ich mir eine neue Handynummer zugelegt und meinen Facebook-Account deaktiviert.

Ohne Regeln geht es nicht. Im Leben nicht, und im Fußball sowieso nicht. Regeln geben uns Sicherheit – und jeder bricht Regeln.

Jeder kennt die Aufregung, etwas zu tun, was Unrecht ist, beispielsweise in einem Kaufhaus schnell etwas einzustecken, ohne dass es jemand mitbekommt. Dieses Herzrasen, ganz eigenartig. Es kommt auch auf, wenn man ohne Fahrkarte Straßenbahn fährt und sich während der Fahrt aufgeregt umschaut, ob gleich Kontrolleure nach den Tickets fragen werden.

Wenn Fußballer bestehende Regeln missachten, dann geht es selten um den Akt der Regelverletzung selbst. Lässt sich ein Stürmer im gegnerischen Strafraum fallen, dann will er in diesem Moment einen Vorteil für sich ermogeln und den Gegner schwächen. Das zu vereiteln, ist die Aufgabe des Schiedsrichters. Die Spieler wissen, was sie dürfen und was sie nicht dürfen. Das Regelwerk ist ihnen eingeimpft worden. Sie kennen es aus dem Effeff. Dabei sind die Regeln im Fußball nicht starr. Es gibt immer einen bestimmten Spielraum, der der Auslegung bedarf. Das schafft uns Schiedsrichtern Entscheidungsspielräume. Genau das wird uns oft zum Verhängnis, wenn wir eine bestimmte Szene so und nicht anders interpretieren. Das wird sich nie ändern.

Die Fußballbosse sind besessen davon, das Spiel attraktiver zu machen. Fußball soll noch mehr unterhalten. Die denken nicht an uns, sie haben die Millionen Fernsehzuschauer im Blick, vielleicht aber auch nur die TV-Einnahmen für die Übertragungsrechte.

Beim Lehrgang hat ein Profischiedsrichter in kleiner Runde ausgeplaudert, dass Fernsehsender schon sehr früh eingebunden worden sind, als es darum ging, ob beim nächsten großen Turnier der Videobeweis eingeführt werden soll. Gefragt ist die Meinung der Fernsehmacher. Wenn sie finden, dass es dem Produkt Fußball schadet, dann überdenken die Fußballfunktionäre ihr Vorhaben. Mal ehrlich, was wird das für ein Fußball sein, wenn er technisch überwacht und kontrolliert wird? Hat der Ball die Torlinie überschritten? Ja oder nein? Wollen wir diese Entscheidung künftig wirklich einer Software überlassen?

Unsere Fehlleistungen gehören zum Fußball. Ohne sie kann ich mir Fußball gar nicht vorstellen. Wenn wir an die WM 1966 in England denken, was fällt uns zuerst ein? Ganz klar, das Wembley-Tor, das keines war. Und die Briten? Sie feiern Geoff Hurst immer noch für sein Tor. Können wir uns Maradona ohne die »Hand Gottes« denken?

Solange ich pfeife, will ich nicht mehr erleben, dass mich ein Videobeweis oder so etwas in der Art korrigiert oder bestätigt, denn ich bin und bleibe ein Freund der Tatsachenentscheidung. Ich habe keine Lust, an die Seitenlinie zu traben und mir unter Aufsicht von Fußballfunktionären eine Spielszene mehrfach anzuschauen, um dann möglicherweise meine Entscheidung zu revidieren. Wir sind doch nicht beim Eishockey! Große Sorgen muss ich mir diesbezüglich nicht machen, im Jugend- und Amateurbereich kommt das so schnell nicht.

Schiedsrichter ist kein Beruf, sondern Berufung. Würde ich mir diesen Zirkus sonst antun? Des Geldes wegen bestimmt nicht! Unsere Besten bekommen Aufwandsentschädigungen, die gemessen an den Spieler- und Trainergehältern, als Almosen zu betrachten sind. Mann, Mann, Mann, ich bin nicht masochistisch veranlagt. Einen Schiedsrichterkollegen, der sich von einer Domina auspeitschen lässt, kenne ich auch nicht.

Ich pfeife, weil ich Fußball liebe. Fußball wird erst durch das Regelwerk zu dem, was er ist. Wenn ich sehe, wie Kinder dem Ball hinterherrennen, sich gegenseitig über den Haufen rennen, ihre Hände zu Hilfe nehmen, Außenlinien missachten, dann kommt mir der

Gedanke, dass das mit dem Fußball, den alle lieben, wenig gemeinsam hat. Für Eltern, die stolz auf ihr kickendes Kind sind, ist das bestimmt anders.

Ich werde häufig gefragt, wie ich zur Pfeife kam. So interessant ist die Geschichte nicht, weswegen ich mir manchmal bei der Antwort auf diese Frage den Kalauer »Lieber pfeifen, als eine Pfeife sein« erlaube. Selbst wenn Alkohol im Spiel ist, ernte ich dafür keine Lacher, aber ich mag den Spruch trotzdem. Ich bin nicht Schiedsrichter geworden, weil ich schon immer einen Hang zu Gerechtigkeit, Recht und Ordnung hatte. Nein, ich bin auch nicht Schiedsrichter geworden, weil ich als Fußballer gescheitert bin, weil ich mich ehrenamtlich engagieren wollte, weil ich auch mal im Mittelpunkt stehen wollte, weil ich Autorität ausüben wollte oder weil ich das Schiri-Leibchen attraktiv fand. Ich bin Schiedsrichter geworden, weil mein Vater einer war. Er hat mich irgendwann mitgenommen. Das ist eigentlich ein Satz, den Fußballer und Fans aufsagen. Aber in meinem Fall stimmt er eben auch. Ich begleitete meinen Vater regelmäßig zu seinen Spielen und war sein einziger Fan. Was die beiden Mannschaften auf dem Feld veranstalteten, interessierte mich nicht. Im Grunde war es mir sogar gleichgültig, ob ein Tor fiel – außer es war ein umstrittenes, weil dann mein Vater kurz zum wichtigsten Mann auf dem Spielfeld wurde. Ich habe jede Kleinigkeit bei meinem Vater beobachtet. Wann behält er die Pfeife im Mund, wann hat er sie in der Hand? Mit welchen Gesten ermahnt er die Spieler? Wie zückt er eine Gelbe und wie eine Rote Karte? Ich weiß, dass die wenigsten Fußballinteressierten das tun. Aber es ist ein Versäumnis, nicht einmal Schiedsrichterzuschauer gewesen zu sein. Denn wenn man während eines Spiels nur den Referee beobachtet, dann lernt man auf diese Weise den Fußball neu kennen.

Bei einer unserer Autofahrten zu einem Spiel redete mein Vater auf mich ein, mir nichts daraus zu machen, was Spieler und Zuschauer sagen, wenn sie mit seinen Entscheidungen nicht einverstanden sind. Ich habe damals nicht kapiert, warum ihm das wichtig war.

Zu seinem letzten Spiel waren wir alle da – Familie, Bekannte und Freunde. Wir haben meinen Vater gefeiert und nach Abpfiff auf Schultern getragen. Unlängst hat er mir gestanden, dass er sich schuldig fühle, weil auch ich Schiedsrichter geworden bin. Ich habe ihm versichert, dass ich ihm dankbar dafür sei. Daraufhin schenkte mein Vater mir seine alte Pfeife.

PONYHOF UND MIGRANTENSTADL

Ein Job im Aufsichtsrat unseres Vereins ist kein Ponyhof. Das ist Knochenarbeit – lupenreine Maloche. Außer dass ich Sprechzeiten und Selbstgedrehte gegen Meetings und Zigarillos getauscht habe, ist die Arbeit die gleiche geblieben. Das macht die Sache nicht erträglicher. Meine Aufgaben erfordern Fleiß und Disziplin. Sitzungen, Gespräche, Termine, Prüfungen. Die Liste ist lang und langweilig. Aber Jammern hilft nicht. Ich habe mich entschieden, dabei zu sein, also ziehe ich das durch – und das schon seit 25 Jahren.

Neulich haben sie im Verein anlässlich dieses Jubiläums einen kleinen Empfang ausgerichtet. Normalerweise landet so etwas auf meinem Tisch. Wenn ich mich nicht darum kümmere, gehen solche Anlässe einfach unter. Das ist kein gefühlter Erfahrungswert, sondern belastbare Empirie.

Eigentlich sind das ja Baustellen meiner Tochter, Theorie und Empirie. Ich hätte ihr das Soziologiestudium madig machen sollen. Dann auch noch London! Aber zugegebenermaßen liebe ich diese Stadt besonders. Schön bunt, Investmentbanker und Flüchtling sitzen in der U-Bahn nebeneinander, Heteros und Homos feiern im selben Club, Schwarze und Weiße leben überwiegend friedlich miteinander. Mehr Vielfalt kann ich mir kaum erträumen. Weil Diana in London studiert, sehen wir uns nur noch sehr selten. Und wenn, dann erzählt sie ständig von ihren Vorlesungen und Seminaren, bei denen es, so kommt es mir vor, nur um Theorie oder Empirie geht. Bin mal gespannt, was sie mit diesem Kram beruflich später machen will. Sozialarbeiter haben wir genug in der Familie. Medien – das könne sie sich vorstellen, meint Diana. Da wären wir schon wieder beim Ponyhof. Meiner Prinzessin dürfte nicht entgangen sein, dass »die Medien« niemanden mehr so richtig einstellen, sondern ihren Pool an freien Mitarbeitern aufblähen, deren Freiheit darin besteht, sich drei weitere Jobs zu suchen – aber das werden Sie sicher selbst kennen. Keine schöne Aussicht, dass meine Diana Teil dieser Freie-Mitarbeiter-Armee wird.

Auf jeden Fall habe ich mir die Augen gerieben, als meine türkisch-kurdische Abordnung vor mir stand. Insgeheim hatte ich mir gewünscht, dass irgendetwas zu meinem Vierteljahrhundert im Verein passiert. Aber ich hatte nicht damit gerechnet, dass sie deswegen eine Sause schmeißen. Was soll ich sagen? Ich war baff. Ja, ich war gerührt. Sie hatten für die kleine Feier sogar unseren Bürgermeister als Ehrengast gewonnen. Der hat dieser Tage genug Probleme. Dass er trotzdem kam und eine launige Rede hielt, wie nur er sie halten kann, rechne ich ihm hoch an. Wir beide kennen uns schon lange, selbst unser Duzen ist in die Jahre gekommen. Trotzdem: Er hätte das nicht tun müssen.

Ich will gar nicht ausrechnen, wie viele Nettotage ich bis heute für unseren Verein aufgebracht habe. Was reitet mich eigentlich, so diplomatisch zu sein? Mein halbes Leben habe ich für diese Bumsbude verplempert, als wäre Fußball mein Lebenselixier. Entschuldigen Sie bitte. Eigentlich bin ich sonst diplomatischer, aber vor gelegentlichen Entgleisungen bin ich deswegen nicht gefeit. Denn eigentlich wollte ich nur darauf hinaus, dass mich, wenn ich ehrlich bin, Fußball nicht sonderlich interessiert. Ich bin da reingeraten wie Jugendliche in die Drogenszene oder testosterongeschädigte Männer in den Dschihadistenkrieg abgleiten. Ich weiß nicht, ob Letzteres stimmt. Aber man liest das immer wieder. Man könnte es als Meisterleistung rühmen, dass ich in all den Jahren eine gesunde Distanz zum Fußball und den Geschehnissen in unserem Verein bewahrt habe. Einer muss ja in diesem aufgescheuchten Migrantenstadl den Überblick bewahren. Schönes Bild, nicht wahr? Lange bevor es Eingang in die Medien fand, war dieses M-Wort Teil meines Vokabulars.

»Ruhe im Migrantenstadl!«, brüllte ich bei einer Vereinssitzung vor vielen Jahren. Ich hatte kurz die Fassung verloren, weil gefühlt hundert Anatolier durcheinanderredeten. Daraufhin herrschte Ruhe! Sie hielt nicht lange an. Denn gleich danach setzte eine wahre Kakofonie ein. Trotzdem ist »Ruhe im Migrantenstadl« ein geflügeltes Wort bei uns geworden.

Wissen Sie, ich schreibe gerade an meinen Memoiren. Ich will sie nicht als Buch veröffentlichen, ein Bestseller würde das sowieso nicht werden. Nein, ich wollte meine Erlebnisse und Erfahrungen für mich selbst zusammentragen. Diana hat mich darauf gebracht. Meine Tochter beklagte, dass unsere Geschichte nicht dokumentiert würde. Sie würde verloren gehen, weil das kollektive Gedächtnis das schriftliche Protokoll brauche. Exakt so hat sie das formuliert. Ich habe mir das genau gemerkt, weil ich Stolz verspürte, als Diana das so sagte. Sie klang wie eine richtige Akademikerin. Am Ende ist das teure Studium in London doch für etwas gut. Eigentlich ist es zu früh für eine Autobiografie, aber es hat sich eine Menge Stoff angesammelt. Ein Schwarzer als Strippenzieher und Lokalpolitiker, ein Schwarzer im Aufsichtsrat eines türkischen Fußballvereins, ein

Schwarzer als Träger des Bundesverdienstkreuzes, ein Schwarzer als Duzfreund des Bürgermeisters. Als Schwarzer habe ich so viele Rollen bekleidet, dass genug Eindrücke hängenbleiben. Alle kreisen letztlich um die eine Frage: Warum tun sich die meisten so schwer damit, dass ich Deutscher bin? Natürlich kenne ich die Antwort.

Ich weiß, wovon ich rede. Zu Selbstmitleid neige ich nicht, aber meine Hautfarbe wird mich wahrscheinlich bis zu meinem Tod verfolgen. Sie können machen, was Sie wollen, Sie können erfolgreich sein und sich Respekt erkämpfen, Sie können Teil des Politikklüngels sein, aber dass Sie schwarz sind, das wird Ihnen andauernd vorgehalten. Das ist eine Volkskrankheit wie Diabetes.

Ein Schwarzer in einem Verein, der von Türken gegründet und bis heute von ihnen dominiert wird, das ist trotz vieler Veränderungen in unserem Land noch immer kurios. Ich schätze, das ist auch der Grund, warum Sie mich in Ihrem Magazin nur in der Rubrik »Kopf des Monats« porträtieren wollen. Gewundert hat mich das schon. Sie setzen in Ihrem Magazin primär auf Erfolgsgeschichten der zweiten Generation. Manchmal stört mich das. So entsteht der Eindruck, als habe alles mit ihr begonnen.

Bei mir fing alles viel früher an. Als mir Komünist Yusuf und zwei andere Herren vor über einem Vierteljahrzehnt in meinem Büro bei der Arbeiterwohlfahrt das Angebot unterbreiteten, in ihren Verein einzusteigen, habe ich zuerst gedacht, die sind nicht ganz bei Trost. Ich habe ihnen zu verstehen gegeben, dass Fußball nicht mein Terrain ist und ich mich in meiner Freizeit im selbstverwalteten Kinderladen gut aufgehoben fühle. Auf Kinder aufpassen? Darum sollten sich Frauen kümmern, feixten sie. Idiotischerweise führte ich aus, dass ich alleinerziehender Vater sei, weil Dianas Mutter sich für ein neues Leben in Nicaragua entschieden habe. Als ob sie das etwas anginge! Das war ungefähr so, wie mit Blinden über das Farbspektrum zu philosophieren. Am Ende landeten wir wieder bei ihrer Anfrage. Ich sah keinen Ausweg, das Trio anders loszuwerden, als sie zu vertrösten, dass ich für eine Entscheidung Zeit bräuchte. Komünist Yusuf und seine Genossen überhörten das einfach und streckten mir die Hände über den Tisch entgegen. Was machte ich? Richtig – ich schlug ein. Sie freuten sich, als ob ihr Vorarbeiter ihnen eine Woche Urlaub geschenkt hätte. Noch sei die Messe nicht gelesen, wiegelte ich ab, was ihnen ebenfalls einerlei war, weil sie das offensichtlich nicht verstanden. Ich sollte einfach im Vereinslokal vorbeischauen. Alles andere würde sich von selbst ergeben.

Nun, Vereinslokal war eine sehr taktvolle Bezeichnung für das, was ich damals dort vorfand. Eine Baracke, ausgestattet mit Mobiliar, das seine besten Dekaden hinter sich hatte. Männer hatten sich um kleine Tische versammelt, deren Stoffdecken mir bis heute in Erinnerung geblieben sind – sie hatten das hässlichste Grün, das ich bis dahin gesehen hatte. Unbeschreiblich abscheulich. Die Jungs bei uns im Verein würden heute »Augenkrebs« dazu sagen. Der Raum war durchflutet von störendem Neonlicht. Auch heute noch, Jahrzehnte später, erkennt man ein türkisches Männercafé an seiner grellen Beleuchtung.

Zu trinken gab es in der Baracke abgestandenen Tee. Ich weiß noch, wie alle im Café sich nicht einkriegten, weil ich höflich ablehnte, da ich Tee nur tränke, wenn ich krank sei. Sie lachten darüber in Schüben. Erst kicherten alle, die Deutsch konnten. Nach der Übersetzung ins Türkische setzte dann der zweite Lacherblock ein. Schon beim Erstbesuch war es um mich geschehen. Auf Anhieb schloss ich die Truppe ins Herz. So ignorant konnte ich gar nicht sein, um nicht zu spüren, dass bei ihnen etwas Besonderes im Entstehen war. Dann dieser Komünist Yusuf! Der hat mich vollends von der Sache überzeugt.

Wie sie ausgerechnet auf mich gekommen sind? Ganz einfach: Ich galt schon damals in unserer Stadt als Türkenfreund Nummer 1 und wurde Türk Richard gerufen. Bei der Arbeiterwohlfahrt hatte ich täglich mit türkischen und kurdischen Einwanderern zu tun. Sie kamen mit ihren Fragen und Problemen zu mir. Womit ich alles konfrontiert wurde – von Aufenthalts- bis Erektionsproblemen war so ziemlich alles dabei. Als Überzeugungstäter wollte ich immer helfen. Wenn mir das nicht gelang, war es oft um meinen Schlaf geschehen. Viele dieser Gastarbeiter dachten, ich sei sowas wie ein Gutmensch, dabei habe ich als Sozialarbeiter lediglich meine Pflicht getan. Aber dafür bekam ich verdammt viel zurück. Ein Dankeschön hier, ein Lächeln da. Oft ist es nicht dabei geblieben. Es kam vor, dass ich selbst gemachte Baklava und gefüllte Paprika ins Büro gebracht bekam. Gesten der Dankbarkeit, die mir schmeckten. Von Anfang an betrauten die Vereinsgrößen mich mit der Aufgabe, Kontakt zum Verband und zur Politik zu halten. Rückblickend erscheint diese Entscheidung wegweisend. Ich meine nicht den Umstand, dass sie ausgerechnet mich mit dieser Aufgabe betrauten, sondern dass sie schon damals ein Gespür dafür hatten, wie wichtig es für einen türkischen Klub war, einen guten Draht zum Fußballverband und zur Kommunalpolitik aufzubauen.

Damals ging ich davon aus, dass ich diesen Job auf der linken Gesäßhälfte erledigen würde. Doch ehe ich mich versah, war ich im Dauereinsatz für den Verein. Mir schwante Böses, und ich sah bald voraus, dass ich so rasch aus dieser Nummer nicht mehr rauskommen würde. In den Anfangsjahren plapperten alle im Verein unentwegt davon, dass man Klasse für Klasse aufsteigen werde. Allen voran tat das Komünist Yusuf. Damals habe ich diesen Größenwahn nicht sonderlich ernst genommen. Idealismus und Leidenschaft, schön und gut, aber es fehlte dem Verein an allem. Doch unsere erste Mannschaft war nicht aufzuhalten. Mit dem sportlichen Erfolg wuchs das öffentliche Interesse an unserem Verein. Wir wurden zum Stadtgespräch. Zeitgleich hatte ich meine ersten Gehversuche in der Lokalpolitik hinter mich gebracht. Und zack, flatterten Anfragen von Politikern ins Haus. Sie kündigten an, einfach nur vorbeikommen und Guten Tag sagen zu wollen. Wenn Politiker kamen, hatten sie immer Presse und Fotografen im Schlepptau. Sie ließen sich grinsend mit unseren Kickern und Verantwortlichen ablichten. So war es schon immer: Politiker springen auf den Zug, wenn es irgendwo gut läuft, selbst wenn Ausländer mit von der Partie sind. Damals waren Ausländer vor allem eines: ein Problem. Arbeitslosigkeit? Schuld sind die Ausländer! Wohnungsnot? Schuld sind die Ausländer! Missbrauch von Sozialleistungen? Schuld sind die Ausländer! Betrogene deutsche Ehemänner? Schuld sind die Ausländer! Während Politiker vor Überfremdung warnten, pinselten ihre Wähler schön fleißig »Ausländer raus« auf Hauswände. Wie sollte man es da den Einwanderern verübeln, dass sie das ungute Gefühl hatten, man wolle ihresgleichen loswerden? Dann tauchte wie Phönix aus der Asche unser Verein auf. Ein funkelnder Stern am deutschen Fußballfirmament. Unsere erste Mannschaft fegte inzwischen fast jeden Gegner vom Platz. Es kamen Tausende Fans zu ihren Spielen und jubelten ihre Elf frenetisch zum Sieg.

Erst kürzlich habe ich dem Präsidium vorgeschlagen, eine Ausstellung mit all den grinsenden Politikerfotos vor unserem Vereinslogo zu zeigen. Die Herren hielten das für eine prima Idee, aber es wurde nichts daraus, da ein Gründungsmitglied das Vereinsarchiv einkassiert hat. Er rückt es nicht mehr raus und spekuliert darauf, dass ihm jemand viel Geld dafür zahlt. Der Verein wird das nicht sein. In einem Anflug von Leichtsinn habe ich Kontakt zu Şefik Aslan aufgenommen. Mir war egal, ob er meiner Bitte nachkommt oder nicht. Ich wollte es jedenfalls nicht unversucht lassen. Bei so vielen Hemden, die der täglich in unserer Stadt reinigt, müsste es für ihn ein Leichtes sein, dem Verein das Archiv wieder zugänglich zu machen. Aber der Aslan leidet noch unter den Blessuren, die er von seinem letzten Engagement für unseren Klub davongetragen hat. Das wundert mich. Als moderner Unternehmer, als der er sich gibt, dürfte er nicht so nachtragend sein. Eines Tages wird er aber sicher wieder empfänglich für unsere Belange sein. Dieser Verein ist eine elende Sucht. Ich weiß, wovon ich rede.

Meine Freunde aus der Politik sind ein bisschen wie eine Sekte. Eigentlich wollen sie nur unter sich sein. Was sie dabei stört, sind die lästigen Bürger. Zumindest ist das mein Eindruck. Und dann wundern sie sich, wenn der Mob die Straße erobern will. Politiker wollen mit unserem Verein nur dann etwas zu tun haben, wenn es bei uns richtig gut oder richtig schlecht läuft. Wenn wir in der Normalzone sind, lassen die sich bei uns nicht blicken. Weil wir gerade mal wieder mit der drohenden Insolvenz ringen, waren sie alle da – Politiker von der CDU bis zu den Linken. Die von Rechtsaußen lassen wir aus Prinzip nicht rein. Türsteher haben wir bisher deswegen nicht gebraucht, die Idioten schlagen bei uns sowieso nicht auf. Noch nicht. Kann ja noch werden. Zum Glück haben wir in unseren Reihen den einen oder anderen, der früher in Diskotheken und Nachtclubs die Tür gemacht hat.

Die anderen Politiker wollen sich als Retter aufspielen. Was in

Wahlkampfzeiten bei uns los ist, kann man sich nicht vorstellen. Ein Politiker gibt dem anderen die Türklinke in die Hand. Für Wählerstimmen werden sie sogar beim Türkenklub vorstellig. »So weit ist es schon gekommen«, lachten sich Komünist Yusuf und Andrea Engels neulich einen Ast.

Die meinten es ironisch und glaubten, ich würde ihren Humor nicht verstehen. Aber warum sollten Politiker eigentlich nicht auch bei uns auf Stimmenfang gehen? Schließlich haben die meisten von uns im Gegensatz zu früher heute einen deutschen Pass. Pass = Wählerstimme. So einfach ist die Gleichung. Dann gibt's da noch die türkischstämmigen Politiker, diese gescheiterten Pseudo-Obamas, die auf Community-Ali machen. Die gehen mir so auf den Keks, dass ich mir im Stillen eine Sonderregelung für deren Abschiebung aus Deutschland wünsche. Natürlich ist das Nonsens, das weiß ich, aber bei meinen Träumen lasse ich die Selbstzensur bisweilen einfach weg. Meine Jobbeschreibung im Verein lautet nicht, Politiker eines Besseren zu belehren, sondern sie für unsere Anliegen zu sensibilisieren. Anliegen klingt so abstrakt, dabei geht es immer um handfeste Dinge: Trainingsplätze, Kunstrasen, Tornetze, Geschäftsstelle, Imbisswagen, finanzielle Förderung usw. Politiker hören in der Regel artig zu. Sie schauen einem dabei so interessiert und verständig in die Augen, dass einem das Blinzeln vergeht. Im Wahlkampf entlocke ich ihnen das eine oder andere Versprechen. Danach passiert weniger als ich mir erhoffe. Das ist ein Teufelskreis, den ich selten durchbrechen kann.

Vielleicht ist jetzt der richtige Moment aufzuhören. Ich habe Ihnen ja nun genug Stoff für Ihren Beitrag geliefert. Wissen Sie, wir in meiner Generation haben viel erlebt. Das erklärt vielleicht mein Interesse, eine Bilanz meines Lebens zu ziehen. Wenn ich ehrlich bin, habe ich nicht richtig viel erreicht. Das nimmt mir im Verein aber kaum jemand übel. Durch die vielen nicht eingehaltenen Versprechen der Politik sind alle im Klub realistischer geworden. Große Erwartungen an die Politik haben sie nicht mehr. Unsere Leute im Verein halten sich selbst aber auch nicht gerne den Spiegel vor und üben Selbstkritik. Es muss schon verdammt viel passieren, damit bei uns Gewohnheiten über Bord geworfen werden. Deswegen hat es unfassbar lange gedauert, bis die meisten kapiert haben, wie wir uns von anderen haben instrumentalisieren lassen und welchen Preis wir dafür bezahlt haben.

Heute achten wir darauf, kein Ali-Projekt für die Politik zu sein. Dieses miese Spiel kann mir gestohlen bleiben. Die Politiker wollen uns zu Integrationsaffen machen. Wir sollen Vorbilder für andere sein, damit sie Fußball spielen, statt für den Islam in den Krieg zu ziehen. Was glauben die eigentlich? Sind wir ein Fußballverein oder eine Anti-Terror-Organisation? Neuerdings bezeichnen sie uns als role model. Wenn sie uns so nennen, heben sie die Arme in die Luft und setzen hektisch Anführungszeichen. Die Brandt kann sich ohne diese Geste gar nicht mehr unterhalten. Das macht mich genauso wahnsinnig wie das Durcheinanderquatschen der Anatolier!

Unser Verein ist schon immer eine Projektionsfläche für Integration gewesen. Schon merkwürdig: Was Politik und Gesellschaft nicht hinkriegen, soll ein insolventer türkischer Verein schaffen. Wenn das nicht Liebesgrüße aus Absurdistan sind!

Sie haben keine Vorstellung, wie froh ich über Boateng, Khedira, Özil, Bellarabi und die anderen bin. Seit sie für unsere Nationalmannschaft auflaufen, fühlen sich viele Funktionäre in ihrer Integrationsarbeit bestätigt und lassen unseren Verein in Ruhe. Ich glaube, die erleben ganz großes Kino, wenn sie vor dem Länderspiel als Sahnehäubchen diesen Integrationsspot sehen. Da spielt sich die perfekte

Welt ab, ausgerechnet bei einem Grillfest. Manche Frauen tragen Schleier, zwei, drei Schwarze sind ebenfalls eingeladen. Die Gäste begrüßen sich jeweils in ihrer Muttersprache, so als ob ihr Deutsch für ein »Guten Tag« oder »Hallo« nicht reichen würde. Ein Herr grillt Şiş-Kebab, eine Frau mit blonden Haaren hat Kartoffelsalat mitgebracht. Dieser bunte Haufen hat gute Laune und versteht sich bestens. Dann erklingt eine sonore Stimme: »Was haben all diese Menschen gemeinsam?« Dem Zuschauer bleiben nur Sekunden. Schon heißt es: »Ihre Kinder spielen alle in der deutschen Fußballnationalmannschaft.« Das ist aber toll, soll man wohl denken. Dann kommt aber erst der Höhepunkt aus dem Off: »DFB – más integración.«

Ich habe einige Kollegen beim DFB auf diesen Spot angesprochen. Nun, wenn ein Schwarzer sich zu solchen Themen äußert, fällt es vielen schwer, darauf einzugehen. Vorsicht, hier spricht ein Betroffener! Vorsicht, hier spricht ein Schwarzer! Da bin ich mal lieber zurückhaltender, denken sie und winden sich in politisch korrekten Formulierungen. Wie sehr mich ihre Political Correctness anwidert. Hört mal, Männer, will ich den Funktionarios einschenken, es war nicht mein pränataler Wunsch, als Schwarzer auf die Welt zu kommen, schon gar nicht in Deutschland. Aber lassen wir das. Jedenfalls möchte ich lieber nicht wissen, was sie hinter meinem Rücken zu Protokoll geben.

»Leute, das ist multikulturelle Folklore von gestern. Wir sind heute weiter«, kritisierte ich den Werbefilm energisch.

Ich erntete verständnislose Blicke. »Herr Bachmann, was wollen Sie denn?«

»Ihr könnt unser Zusammenleben nicht auf Kebab und Kartoffelsalat oder Schwarz und Weiß reduzieren. Gerade im Fußball nicht.«

Ich finde es grotesk, dass man sich heute noch mit Integration aufhält. Aber da stoße ich bei solchen Leuten auf taube Ohren. Manch einer von ihnen ist richtiggehend beleidigt, weil er denkt, er tue Gutes.

Egal, ich mache Geschäfte damit. Und das schon seit Jahrzehnten. In der Sportpolitik ist es ein Geben und Nehmen. Jedes Jahr lade ich wichtige Persönlichkeiten aus Politik und Sport zu einem Neujahrsempfang ein. Eine kurze Begrüßung, ein Gastredner, türkisches Essen, und die Sache ist ein Erfolg auf ganzer Linie. Im Gegenzug erhalte ich auf das gesamte Jahr verteilt etwa hundert Einladungen. Zwei-, dreimal pro Woche bin ich auf einer Veranstaltung. Diese Termine sind oft eine Qual, aber ich muss da durch. Dafür bin ich im Verein da. Man trifft dieselben Menschen und führt den gleichen langweiligen Small Talk in der Hoffnung, es könnte doch mal anders sein oder gar ein Deal herausspringen. Hin und wieder kommt es auch so.

Vor ein paar Jahren lud mich eine Intendantin zu sich ins Theater ein. Nicht zu einem Stück. Sie kennt mich und weiß, Theater ist nicht gerade meine Passion. Ein Dinner mit dem deutschen Außenminister, deutsch-türkische Begegnung, irgendetwas in der Richtung stand in der Einladung. Der Dresscode war vorgegeben. Für mich ist das kein Ding, ich bin für alle Eventualitäten ausgestattet. Mein Kleiderschrank gibt vom Smoking bis zu Smart Casual alles her. Als ich im Theater ankam, habe ich nicht schlecht gestaunt – das Who is Who der türkischen Community war versammelt! Und mittendrin Gerald Asamoah! Gleich schoss mir die Frage durch den Kopf, was der Bruder in dieser Gesellschaft machte. Hatte Asa heimlich bei einem türkischen Klub unterschrieben, oder was? Ich bin also gleich zu ihm hin und machte einen auf schwarze Verbrüderung. Nicht ganz unproblematisch, wie Diana hinterher kommentierte. Aber dem Asa sind auch fast die Augen ausgefallen, so baff war er, einem anderen Schwarzen inmitten der deutsch-türkischen Horde zu begegnen. Und dann noch einem, der viele Gäste mit Wangenküsschen begrüßte, egal ob Mann oder Frau, und mit seinem Merhaba-Vokabular jonglierte. Asamoah war aufrichtig beeindruckt. Für viele der Eingeladenen wurde es aber ein enttäuschender Abend, weil der Außenminister dann doch nicht kam. Er saß in einer wichtigen Sitzung fest. Statt des Außenministers las seine Gattin dessen Rede ab. Sie gab sich richtig Mühe, aber es wollte keine Stimmung aufkommen. Die Smartphones blieben in den Jackentaschen – ansonsten hätten die Gäste ständig geknipst und Schlange gestanden, um ein Selfie mit dem Außenminister zu ergattern. Als alter Lobbyonkel weiß ich, dass man so etwas besser nicht macht. Wenn du auf den Politikstrich gehst, darfst du dich nicht zu billig verkaufen. Du musst dir treu bleiben. Ich bin Lobbyist unseres Vereins und versuche, alles rauszuholen, was drin ist.

Ich achte darauf, nicht aus meiner Rolle zu fallen. Sie glauben gar nicht, wie oft ich bezeugen muss, wie das anderen passiert. Sie vergessen dann, wer sie sind beziehungsweise in wessen Auftrag sie sprechen. Vor allem hinter den Kulissen, vor allem bei Migranten. Wenn ich es nicht mit eigenen Augen gesehen hätte, hätte ich nicht geglaubt, wie Repräsentanten der Migranten-Communitys die Nähe von Thilo Sarrazin suchten. Ungeheuerlich, aber wahr. Sie biederten sich ihm immer mit der gleichen Leier an. Sie haben recht, Herr Sarrazin. Es gibt Probleme, aber ich bin nicht Teil davon. Ich bin erfolgreicher Unternehmer, ich bin Soziologin, ich bin Journalistin, obwohl ich einen Migrationshintergrund habe. Genau so funktioniert Rassismus, habe ich gedacht.

Ich weiß noch, was für ein Aufschrei bei uns im Viertel zu vernehmen war, als eine junge Journalistin Sarrazin durch unsere Straßen führte. Was dachte sie sich eigentlich dabei? Wollte sie dem Sarrazin echte Türken und Araber, Integrationsverweigerer und Frauenunterdrücker, Minderbemittelte und Mafiosi zeigen und ihn bitten, mit denen in Dialog zu treten? In der Hoffnung, dass für den TV-Beitrag knackige Bilder und O-Töne raussprangen, hielt die Kamera die ganze Zeit drauf. Das machte bei unseren Leuten keinen Eindruck. Die stellen sich gerne davor, Hauptsache, sie haben ein Leben vor der Kamera.

Mich hat die Frage schon beschäftigt, wie naiv man als Journalistin sein kann, wenn man nicht merkt, dass man mit einer solchen Vorführung dem Sarrazin auf den Leim geht und sich mit seiner Sache gemeinmacht? Ich dachte immer, dass Journalisten bei uns darauf schwören, genau das nicht zu tun. Die Fotos von diesem Ghettobesuch sind unvergessen. Auch wenn ich die Journalistin am liebsten zum Teufel gejagt hätte, hat es mir wehgetan, auf diesen Zeitungsfotos zu sehen, wie sie zu Sarrazin aufschaute. Ich habe lange nichts mehr von ihr gehört oder gelesen. Möglicherweise ist sie jetzt auf der Suche nach verständlichen Antworten, warum die Sachsen Angst vor der Islamisierung haben und den Untergang des Abendlandes fürchten. Vielleicht ist sie inzwischen Pressesprecherin einer rechtspopulistischen Partei geworden – ausschließen kann man heute nichts mehr.

Vor vielen Jahren saßen wir mal wieder im Vereinslokal, und ich merkte, dass irgendetwas in der Luft lag. Ich sollte mich nicht getäuscht haben. Denn plötzlich erhob sich unser damaliger Präsident und hielt aus dem Nichts eine Laudatio auf mich. Er lobte meinen unermüdlichen Einsatz für den Verein und überreichte mir ein Geschenk. Ich packte es gleich aus. Eine Single. Von einer Musikerin, von der ich bis dahin noch nie etwas gehört hatte: Esmeray. Das sei eine Sängerin aus der Türkei. Sehr beliebt. Sehr erfolgreich. Ich schaute auf das Cover, auf dem eine schwarze Musikerin abgebildet war. Sie erklärten mir, Esmeray heiße auf Deutsch »Dunkler Mond«. Und sagten: »Mensch, Richard, sie ist eine von uns – wie du auch.«

Ich bin selten um Worte verlegen. Aber in dieser Situation war ich doch so baff, dass ich einen Tee bestellte, was alle anderen durcheinanderbrachte, weil sie wussten, was ich von ihrem Lieblingsgetränk hielt.

Aber so von der Rolle bin ich sehr selten im Verein, was damit zu tun hat, dass es dort fast nie um meine Hautfarbe geht. Ganz anders die Kurdenfrage. Die Leute bei uns tun sich mit dieser Thematik sehr schwer. Wenn das Gespräch auf die Kurden kommt, wofür Zafer unermüdlich sorgt, wollen plötzlich alle von Politik nichts wissen. Sie wehren sich vehement dagegen, dass der Verein politisch instrumentalisiert wird. Das ist eine infame Lüge. Natürlich ist unser Verein eine hochpolitische Veranstaltung. Wir bilden Koalitionen, schmieden Bündnisse und hecken Umsturzpläne aus. Mal übernehmen die türkischen Nationalisten das Ruder, dann stellen die Linken das Präsidium. Unser Verein ist ein Labor für Machtspiele. Es geht darum, wer das Sagen hat. Es geht um den Konflikt der Generationen und Geschlechter. Es geht um Fußball, es geht um unseren Alltag. Es geht um unser Leben. Vor allem aber geht es immer drunter und drüber. Ich bin immer mittendrin und habe einen Blick darauf, dass alles in geordneten Bahnen abläuft. Ein fast hoffnungsloses Unterfangen. Da hilft es auch nicht wirklich, wenn ich mit lauter Stimme um Ruhe im Migrantenstadl bitte.

Was die Zukunft bringt? Meine Güte, jetzt stellen Sie zum Schluss nun doch eine sehr typische Journalistenfrage. Wir blicken in den Abgrund, dann ziehen wir uns wieder hoch, weil wir irgendwo einen Hoffnungsschimmer entdecken. Dieser Tage läuft eine große Rettungskampagne für unseren Verein. Da haben Komünist Yusuf, Andrea Engels und einige andere ihre Finger im Spiel. Die Plakatmotive habe ich Diana per Mail zugeschickt. Sie rief mich sofort an und meinte, das sei »ein richtig heißer Shit, echt stylisch«. Mag sein, aber retten wird uns das nicht. Natürlich unterstütze ich diese Kampagne trotzdem. Manchmal denke ich, dass ich mich langsam zurückziehen und meinen Platz räumen sollte. Aber verdammt, ich hänge an diesem Verein.

DRINNEN UND DRAUSSEN

Unsere wievielte Sitzung ist das heute?

Oh, die zwölfte schon. Wenn Sie einverstanden sind, spreche ich dieses Mal über meine Tochter. Mir ist auf dem Weg hierher aufgefallen, dass ich Ines bis heute nur am Rande erwähnt habe. Das ist sehr merkwürdig, da sie mein Ein und Alles ist. Meine Tochter und ich sind ein unschlagbares Duo. Auch wenn wir uns manchmal streiten, Ines einiges anders beurteilt und einen gänzlich anderen Weg als ich geht, bleiben wir doch magisch miteinander verbunden. Sie müssen wissen, dass ich nicht zu den Müttern gehöre, die in ihrer Tochter das jüngere Ich sehen. Mir liegt sehr viel an der Eigenständigkeit von Ines. Meine Süße würde das bestätigen, wenn man sie danach fragte. Sie könnten das tun. Das kam mir unlängst in den Sinn.

Was genau? Na, ob es nicht gut wäre, wenn Ines zu Ihnen käme. Sie beide lernen sich unverbindlich kennen. Dann sehen wir, ob daraus etwas entsteht. Meine Ines macht eine schwierige Zeit durch. Nein, das ist Blödsinn. Ihr Leben verändert sich gerade rasant. Da könnten Gespräche mit Ihnen eine Entschleunigung darstellen. Ich muss gestehen, dass Leyla mich auf den Gedanken gebracht hat. Letztens war ich wieder bei ihr einen Espresso trinken. Leyla macht den besten Kaffee in unserem Kiez – zu ihrem kurzen Italiener habe ich inzwischen ein beinahe libidinöses Verhältnis entwickelt.

Ines ist 17. Sie hat vor nicht allzu langer Zeit ihren Vater das erste Mal gesehen. Sie hat ihn über Facebook ausfindig gemacht und ihn in Istanbul getroffen. Ich habe das für keine gute Idee gehalten, aber verbieten wollte ich es ihr nicht.

Wie ich mit ihrem Vater zusammenkam? Wieso ist das für Sie relevant? Ich engagierte mich damals bei Amnesty International, weil ich für Fragen der Menschenrechte brannte. In unserer Sektion hatten wir einen Arbeitskreis zum Schwerpunktland Türkei/Kurdistan gegründet. Eines Tages trafen wir politische Aktivistinnen und Aktivisten, die mit einem Hungerstreik in unserer Stadt auf die Menschenrechtsverletzungen in der Türkei aufmerksam gemacht haben. Dieser extremen Form des Widerstandes stand ich eher reserviert bis kritisch gegenüber. Erpressung empfinde ich in erster Linie als moralisch und nicht als politisch. Moral hat für mich eine repressive Note. Wie auch immer: So habe ich Kenan kennengelernt. Ich sah in seine braunen Augen und war gefesselt von seinem melancholischen, warmen Blick. Wir verliebten uns, wurden ein sprachloses Paar, weil Kenan damals weder Deutsch noch Englisch konnte. Leider konnte ich nicht mit Türkisch oder Kurdisch dienen. Die Sprache kam irgendwann, die Schwangerschaft auch. Kenan wollte nicht so schnell ein Kind. Er war nicht bereit, sich festzulegen. In gebrochenem Deutsch trug er beständig vor, dass der politische Kampf in den nächsten Jahren seine ganze Kraft erfordere. Ich hielt ihm vor, dass es nicht seine Entscheidung sei, ob ich das Kind bekomme oder nicht. Kenan sprach mir das Recht ab, selbstständig zu entscheiden, was ich tat.

Meine Ines jedenfalls kam auf die Welt. Elf Monate später verschwand Kenan aus meinem Leben und ließ mich mit der Kleinen allein. Dieses verdammte Arschloch hat nicht mal ihren ersten Geburtstag abgewartet. Das finde ich bis heute unverzeihlich.

Ja, natürlich bin ich heute noch wütend, aber mir war auch nicht entgangen, dass Kenan ein Talent dafür besaß, sich seine eigenen Realitäten zu schaffen. Vielleicht war das eine Überlebensstrategie, die er sich im Knast angeeignet hat. Kenan sprach nicht über seine Jahre im türkischen Gefängnis, schon gar nicht darüber, wie er den Elektroschocks und der Bastonade widerstanden hat. Wer solche Erniedrigungen erlitten hat, muss sich wohl eigene Welten schaffen. Das ist eine Form der Verarbeitung, wenn man sich nicht professionell helfen lassen will. Damals habe ich Kenan von den Hilfsmöglichkeiten in Deutschland erzählt, aber er winkte desinteressiert ab. Er zog seine Scheinwelten vor. Umso erstaunter war ich, dass er Ines nicht eine eigene Version unserer Beziehung aufgetischt hat.

Ob Ines eine Vaterfigur gefehlt hat? Ich habe keine eindeutige Antwort darauf. Ines hatte immer männliche Bezugspersonen, die in ihrem Leben eine tragende Rolle gespielt haben. Jens tut es immer noch. Mit ihm bin ich seit fast neun Jahren zusammen. Er war Ines ein guter Ersatzvater. Wir denken darüber nach zu heiraten, obwohl ich keine Anhängerin der Ehe bin. Auf jeden Fall wollte Ines plötzlich Kontakt zu ihrem leiblichen Vater. Ich habe die Vermutung, dass das damit zu tun hatte, dass sie die Nachfragen ihrer Freundinnen und Freunde nervten, ob denn Jens wirklich ihr Vater sei. Nun, Ines sieht nicht typisch deutsch aus. Ich weiß, dass man heute nicht mehr genau sagen kann, wer oder was deutsch ist, wie deutsch aussieht, wie deutsch klingt und wie sich deutsch anfühlt. Aber Ines hat dunkle Haare und fast zusammengewachsene Augenbrauen – wie ihr Vater. Im Grunde ist das erst wichtig, seit Ines im

Verein Fußball spielt. Jungs wie Arda reden auf meine Ines ein, dass sie wie eine Schwester aussehe. Dieses Bild der Schwester, ganz kritisch.

Ich habe nie etwas dagegen gehabt, dass Ines Fußball spielt. Ganz im Gegenteil: Ich finde es stark, dass sich meine Tochter in dieser Männerwelt behauptet. Diesen unbedingten Willen hat Ines von mir.

Ob das ein durchgängiges Motiv bei ihr ist? Nein, ehrlich gesagt nicht. Ines sagt immer, dass sie Fußball aus einem einzigen Grund spielt: weil es ihr Spaß macht. Ich vermute aber, dass ihre Leidenschaft für Fußball auch damit zu tun hat, dass sie sich Freiräume schaffen will. Neulich habe ich mich mit einem Bekannten unterhalten, der an der Sporthochschule in Köln arbeitet. Er hat an einer Studie zum Frauenfußball mitgewirkt. Deren Ergebnis war, dass »Spaß« und »Freiräume« die zwei Hauptmotive sind, warum sich das weibliche Geschlecht überhaupt für Fußball entscheidet. Es ist merkwürdig, wenn man feststellt, dass die eigene Tochter prototypisch für Studienergebnisse herhalten könnte. Frauenfußball, findet Ines, ist eine eigene Sportart – auch in Abgrenzung zum Männerfußball. Bei den Jungs gehe es immer um den Sieg, darum, Karriere zu machen. Da hat Ines absolut recht. Wenn unter denen einer ein bisschen talentierter als der Rest ist, träumt er gleich davon, bald in der Sportschau oder auf Sky bewundert zu werden. Wenn die Karriere aber Fantasie bleibt, ist der Weg zur Depression vorgezeichnet. Im Verein beneiden sie ihren gescheiterten Star. Aber Arda ist genau genommen ein Fall für die Therapie. Stimmt es eigentlich, dass sein Vater auch ein Patient von Ihnen ist?

Natürlich wollen Sie sich dazu nicht äußern. Ich würde es ja auch nicht gutheißen, wenn Sie anderen von mir erzählten. Arda jedenfalls war ganz nah dran am großen Fußball. Er habe beim Bundesligaklub so viel verdient, dass er damit seine Familie ernähren und sich einigen Luxus leisten konnte. Also das hört man so, was nicht bedeutet, dass es so ist. Im Türkischen gibt es einen schönen Begriff: Dedikodu. Sinngemäß: gesagt, dazu gepackt. Also jemand erzählt etwas und fügt von sich aus etwas hinzu. Die oder der Nächste macht das möglicherweise auch, und so entfernt man sich immer weiter von der Wahrheit. Im Erzählen steckt Eigeninterpretation. Das ist doch schlüssig. Wovon sprach ich gerade?

Ja, stimmt, von der Besonderheit des Frauenfußballs. Dort geht es nicht nur ums Siegen. Natürlich gibt es Fußballerinnen, die deswegen spielen. Sie seien aber die Minderheit, meint Ines. Mir gefällt, dass meine Süße nicht so verbissen ist, was Fußball angeht.

Ich habe Ines libertär erzogen. Sie führt ein freies Leben, was nicht heißt, dass sie frei von Pflichten ist. Was mich betrifft: Ich mische mich in ihre Angelegenheiten nur dann ein, wenn es notwendig ist. Ich mache daraus keine Wissenschaft. Wenn man ein gutes Fundament geschaffen hat, dann verhandelt sich das gewissermaßen von selbst. Im Grunde mache ich meiner Tochter kaum Vorschriften. Schließlich ist sie fast volljährig. Sie kann tun und lassen, was sie will. Wenn sie aber sich oder anderen schadet, dann gehe ich dazwischen. Das werde ich auch dann noch tun, wenn sie 18 geworden ist. Natürlich ist es ganz wunderbar, dass sie Spaß am Fußball und in ihrem Verein hat, aber gelegentlich bin ich doch irritiert. Ganz bestimmt hat das nichts damit zu tun, dass Ines und ihre Generation Vertreterinnen und Vertreter der Spaßgesellschaft sind. Wenn das behauptet wird, schüttelt es mich innerlich. Wenn man ihr überhaupt ein Etikett verpassen will, dann wohl das der Generation K. Schließlich sind sie mit der Krise als Dauerzustand groß geworden.

Selbst wenn die Jugendlichen mit Scheuklappen durch den Tag gehen, bekommen sie doch mit, dass ihresgleichen in Spanien und Griechenland keine Perspektiven hat und viele von ihnen sich auf den Weg zu uns machen.

Ich beobachte diese neue Migration in Europa mit gewisser Skepsis. Schließlich werden die jungen Spanierinnen und Spanier und Griechinnen und Griechen auf dem Arbeitsmarkt zu Konkurrentinnen und Konkurrenten meiner Tochter. Was ist das heute für eine Welt – oder morgen? Allein der Leistungsgedanke, dem sie dauernd ausgesetzt ist, ist eine große Belastung. Konkurrenzkampf und Wettbewerb sind für die Jugendlichen heute keine Schlagwörter, die sie in Suchmaschinen eingeben müssen: Sie sind gezwungen, damit zu leben.

Nein, ich habe keine Angst vor Fremden. Also, bitte! Gewiss nicht. Ich habe in der feministischen Bewegung mit Frauen gekämpft, die aus allen möglichen Ländern kamen. Der Vater meiner Tochter ist Kurde. Ich lebe seit fast 30 Jahren in einem Viertel, das von Migrantinnen und Migranten geprägt ist. Das sollte Antwort genug auf Ihre abwegige Frage sein. Aber ich mache mir keine Illusionen. Wir haben Probleme, und die müssen wir beim Namen nennen. Da gibt es für mich kein Vertun. Wenn wir schweigen, schaden wir uns. Schon alleine deswegen gehören die alltäglichen Konflikte auf den Tisch. Ganz nebenbei ist das ganz im Sinne der Migrantinnen und Migranten. Wir können doch unsere Augen nicht davor verschließen, dass manche unter ihnen Vorstellungen haben, die mit unseren Werten und gesellschaftlichen Normen nicht in Einklang zu bringen sind. Ich denke da beispielsweise an die gesellschaftliche Rolle von Frauen oder die gleichgeschlechtliche Beziehung: Was einem bisweilen da begegnet, ist beängstigend. Schauen Sie, da wird in der Türkei aus einem Bus eine junge Frau entführt, vergewaltigt und verstümmelt. Meinen Sie, das treibt unsere türkischen Mitbürgerinnen und Mitbürger hier auf die Straße? Mitnichten. Man muss ja nicht wie die Kurdinnen und Kurden früher gleich Autobahnen blockieren, aber friedlich auf barbarische Verbrechen hinzuweisen, das ist bei uns sehr willkommen.

Wissen Sie, welches Wort im Verein am häufigsten benutzt wird? Ibne. Schwul oder Schwuler. Ja, das ist Adjektiv und Substantiv in einem, aber bestimmt nicht der Grund für den inflationären Gebrauch des Wortes. Auch wenn sich alle darüber lustig machen, werde ich weiterhin dazwischengehen, wenn sie ihre Homophobie ausleben. Mich beruhigt, dass viele Migrantinnen und Migranten selbst achtsamer geworden sind. Inzwischen ist ihnen bewusst, dass Salafistinnen und Salafisten sich bei uns ausbreiten und ihren Menschenhass zum Maßstab machen wollen. Ich lass mir bestimmt nicht einreden, eine Islamfeindin zu sein, nur weil ich deren Hinterhofwelt infrage stelle.

Neulich kam ich mit Giuseppe ins Gespräch. Mit diesem präpotenten Aufschneider ist eine Unterhaltung kaum möglich, ohne dass er einem in den Ausschnitt starrt und sich in den Schritt fasst. Ich habe mir erlaubt, ihn dezent darauf hinzuweisen, dass sich Letzteres nicht gehöre. Giuseppe lächelte hohl und meinte, dass sei eine blöde Angewohnheit aus seiner Zeit als Rapper und schon war die Hand wieder auf Reisen. Daraufhin habe ich mir erspart, ihn zu bitten, mein Dekolleté nicht anzustarren. So blieb ich verschont von seinen schwachsinnigen Begründungen, die er parat gehabt hätte. Lieber wollte ich Giuseppes Meinung dazu hören, warum immer mehr migrantische Jugendliche Bärte trügen, die man von Kämpfern im Nahen Osten kennt. »Wenn Kanaken einen Gesichtsteppich tragen, sind sie Terroristen. Wenn Deutsche es tun, Hipster«, lachte Giuseppe über seine eigene Pointe.

»Das ist doch blanker Unsinn«, entgegnete ich.

»Nein, die Wahrheit«, befand Giuseppe.

Also auf den Mund gefallen ist der Typ ganz bestimmt nicht. Woher er seine Selbstsicherheit nimmt, erschließt sich mir nicht ganz.

Er ist jetzt auch nicht so der heiße Italo-Lover. Wagt dieser Giuseppe es doch, mich seinerzeit in der Bar zu fragen, ob ich mit zu ihm wolle. So aus heiterem Himmel. Gut, wir hatten uns an dem Abend aus der Entfernung angelächelt, schließlich kennen wir einander. Ich dachte, mich trifft der Schlag, als er unverblümt nachlegte und mir eine Nacht voller »Romantico Amore« anbot. Ich könnte zu seiner Entschuldigung anführen, dass er ziemlich einen sitzen hatte, aber einen Anteil an Restgehirnzellen sollte der Alkohol ihm gelassen haben. Andererseits weiß man bei dem Jungen nicht, was er sonst noch so konsumiert. Es kursiert das Dedikodu, Giuseppe sei ständig auf Koks. Kokain soll Lust auf Sex auslösen. Das würde einiges erklären. Trotzdem ärgere ich mich im Nachhinein, ihm keine gescheuert zu haben.

Wir dürfen nicht wegschauen, wenn Frauen unterdrückt und zwangsverheiratet werden. Tut mir leid, aber ich kann mir nicht vorstellen, dass Frauen wirklich freiwillig Kopftuch und Burka tragen – egal wie oft das beteuert wird. Das sind doch Männerfantasien, denen immer mehr Frauen auf den Leim gehen. Erst gestern Abend hat in einer Talkshow in der ARD eine migrantische Autorin, deren Name mir gerade partout nicht einfällt, während der gesamten Sendung das Recht verteidigt, dass eine Frau anziehen könne, was sie wolle. Als ob es darum ginge! Ich verstehe nicht, warum eine so kluge Person nicht durchschaut, welcher Repression Frauen mit solchen Vorschriften ausgesetzt sind. Gewalt gegen Frauen ist mit nichts zu rechtfertigen, auch nicht mit Religion. Warum hören wir keinen Aufschrei dagegen? Was können wir froh sein, dass wir Mutfrauen wie Seyran Ateş oder Alice Schwarzer haben, die sich von nichts und niemandem einschüchtern lassen.

Ines findet mein Verständnis von Feminismus antiquiert. Ihr reiche es, ihr Ding durchzuziehen, wie sie sagt. Manchmal verletzt es mich, wie unsensibel sie ist, wenn es um Fragen der Gleichstellung geht. So hat sie mir auch eher beiläufig eröffnet, dass im Verein ein paar Typen ausgeflippt seien, als sich Jessica und Vera nach einem Spiel im Kabinengang geküsst haben.

»Was ist denn hier los?« – »Seid ihr völlig durchgeknallt oder was?« Solche Empörungen wurden lauthals geäußert. Jessica und Vera sind dann schnell in der Kabine verschwunden. In der darauffolgenden Vorstandssitzung war das dann auch Thema – natürlich nicht das Verhalten der Typen. Vielmehr haben die Altherren ernsthaft in Erwägung gezogen, die beiden Frauen disziplinarisch zu verwarnen. Diese Obermachos argumentierten richtig widerlich. Nein, natürlich habe man nichts gegen Homosexualität, das wisse doch jeder, wo der Verein sich doch in diesem Bereich schon seit jeher ins Zeug lege. Aber als Verantwortliche im Verein müssten sie darauf Rücksicht nehmen, dass sich die Mehrheit der Mitglieder, die nicht schwul oder lesbisch sei, durch das Küssen der Frauen gestört fühlen könnte.

Als Ines sich darüber lustig machte, hätte ich fast die Fassung verloren: »Hallo, Mittelalter, alles klar bei dir? Wo leben wir eigentlich? In Kandahar? In Manama?« Ines meinte, ich würde maßlos übertreiben, aber ich glaube, sie weiß einfach nicht, was sie da von sich gibt. Sie glaubt, dass das alte Böcke sind, für die es einfach ungewohnt ist, wenn Frauen miteinander knutschen. Das müsse ich verstehen, wenn ich doch sonst immer für Toleranz sei. Dass ich das nicht verstehen will, weil das ein Rückschritt ist und mit meiner Vorstellung von Toleranz nicht in Einklang steht, kann sie nicht nachvollziehen.

Ich wünschte, Ines und ich würden diesbezüglich häufiger eine gemeinsame Ebene finden, aber das ist mit meiner Tochter nicht ganz einfach. Sie ist noch zu jung, um die gesellschaftliche Dimension solcher Fragestellungen beurteilen zu können. Sie teilt mir unbekümmert mit, dass die türkischen Mädchen sich nach dem Training oder Spiel nicht duschten, weil sie sich vor anderen Frauen nicht ausziehen wollten. Obendrein seien sie schockiert, wenn deutsche Spielerinnen nackt unter der Dusche stünden oder offen darüber sprächen, dass sie sich nicht wohlfühlten, weil sie ihre Tage hätten. Die türkischen Spielerinnen sprächen nicht über ihre Menstruation.

So habe ich mir das mit der Emanzipation der Frau nicht vorgestellt. Ich habe Ines gebeten, in der Mannschaft und beim Trainer anzusprechen, dass auf türkische und arabische Mitspielerinnen Druck ausgeübt wird. Es ist schon vorgekommen, dass Familienangehörige ihnen das Fußballspielen verboten haben. Von Ines weiß ich, dass eine sehr talentierte Mitspielerin nicht mehr dabei ist, weil ihr Freund es ihr untersagt hat. Da verschlägt es einem doch die Sprache. Ich bin zutiefst überzeugt, dass die Eltern, Brüder und Partner der Spielerinnen, die eigentlichen Opfer sind. Sie können sich aus der reaktionären Umklammerung ihrer Tradition nicht befreien. Ich finde, genau hier müsste der Verein ansetzen und Hilfestellungen geben. Er macht das viel zu selten. Als ich gemerkt habe, dass Ines meine Bitte ignoriert, habe ich mir nach einem Spiel ihren Trainer Ernesto zur Seite genommen. Das hat Ines gar nicht gepasst.

Aber ich wollte von Ernesto wissen, wieso er es einfach hinnimmt, wenn eine superwichtige Spielerin der Mannschaft den Rücken kehrt. Das schwäche doch sein Team.

Ernesto lächelte einfach nur sein Latinolachen: Er könne sie schließlich nicht zwingen. Es sei schwierig, als Verein da etwas zu erreichen. Die Spielerinnen machten zu und an die Familien käme man sowieso nicht ran. Am Ende hat es mich beruhigt, dass Ernesto wenigstens eine Antenne dafür hat, worum es geht. Das kann man von den anderen im Verein nicht sagen. Als ich dieses Küssen im Kabinengang auf der Homepage des Vereins aufgreifen wollte, wurden die Herren aus dem Präsidium unruhig. Ich habe deswegen aber nicht klein beigegeben.

Einige Monate nachdem Ines im Verein zu spielen angefangen hatte, baten sie mich, die Klubwebsite zu betreuen. Ich habe zugestimmt. Es ist nun mal so, dass unser soziales Leben ohne das Engagement von Bürgerinnen und Bürgern heute nicht mehr funktioniert. Nur darüber zu reden, bringt ja nichts. Man muss es einfach machen. Ich bin keine ausgewiesene Expertin für Websites, aber das geht schon. Schreiben konnte ich schon immer gut. Außerdem habe ich Ines an meiner Seite. Sie kann ich immer fragen, wenn es um Facebook oder so etwas geht.

Das Engagement für den Verein kostet Zeit und Nerven. Ich muss höllisch aufpassen, dass alles im Rahmen bleibt. Das ist nicht einfach. Man könnte meinen, das Sprichwort »Reichst du jemandem den kleinen Finger, nimmt er die ganze Hand« sei in Bezug auf diesen Verein entstanden. Das ist die ungeschriebene Präambel der Vereinssatzung. Du darfst nicht zucken, sonst bist du die Erfüllungsgehilfin von irgendjemandem. Gerade bei Komünist Yusuf ist Vorsicht geboten. Er instrumentalisiert alle. Die meisten sind sich dessen nicht bewusst. In letzter Zeit hat er Andrea, also Andrea Engels, zu seiner Koalitionspartnerin auserkoren. Sie scheint sich in dieser Rolle pudelwohl zu fühlen. Komünist Yusuf macht auf progressiv und »ich bin anders als die anderen«, aber er setzt seine Pläne ohne Rücksicht auf Verluste um. Er ist kein Deut besser als Şefik Aslan, den er so verteufelt hat. Der Haus-und-Hof-Oppositionelle greift nach allen Händen um ihn herum. Als Online-Redakteurin bekomme ich viel zu viel davon mit, was im Verein passiert. Trotzdem verstehe immer noch nicht, wie diese Truppe tickt. Sie machen es einem auch nicht leicht. Wie soll man verstehen, dass bei Meinungsverschiedenheiten auf der Mitgliederversammlung auch schon mal Schuhe und Flaschen durch die Gegend fliegen. Ines findet das normal und meint, ich sähe Gespenster.

Auch wenn ich mit vielem nicht einverstanden bin, finde ich es wichtig, dass es solche Einrichtungen gibt. Sie bringen Deutsche und Migrantinnen und Migranten zusammen. Wenn wir ehrlich sind, läuft der Alltag selbst in unserem Viertel immer noch ziemlich getrennt ab, erschreckenderweise auch bei Jugendlichen. Wissen Sie, ich habe beobachtet, dass die Abspaltung und das Auseinanderdriften in der Schule ab der 7. Klasse losgehen. Dann ist es oft so, dass dort, wo türkische und arabische Kids abhängen, deutsche Jugendliche nicht mehr hingehen. Andersrum gibt es oft genug Trouble, wenn Jugendlichen mit Migrationshintergrund der Einlass in angesagten deutschen Clubs verwehrt wird. Dass vieles noch separiert ist, merke ich täglich, wenn ich durch die Straßen in unserem Kiez gehe. Ich finde, dass man sich nicht aneinander anpassen, sondern gut miteinander auskommen soll. Es ist völlig in Ordnung, wenn junge Migrantinnen und Migranten bleiben wollen, was sie sind. Dagegen ist doch nichts einzuwenden, oder? Das ist besser, als wenn sie unfreiwillig assimilierte Deutsche werden. Eine erzwungene Zugehörigkeit kann keine Option sein. Wir müssten alle mal raus aus der Komfortzone. Egal ob arabische, türkische, kurdische oder deutsche Familien – Rückzug ist feige.

Ob ich türkische Freunde habe? Nachdem Kenan wie ein Fahnenflüchtiger von Bord gegangen war, spürte ich das Bedürfnis, auf Distanz zu gehen, mit allem, was kurdisch beziehungsweise türkisch ist. Das mag eingeschnappt klingen, aber ich brauchte diesen kulturellen Abstand. Am Ende war das auch nur eine kurze Phase in meinem Leben, die keine drei Jahre gedauert hat. Viel später hat sich eine Romanze mit Zafer angedeutet. Ich habe ernsthafte Anstrengungen unternommen, ihn näher kennenzulernen. Das hatte nichts mit Kenan zu tun. Auch dass Zafer wie mein Ex ein Kurde ist, war für mich unbedeutend. Aber Zafer ist ein sehr verschlossener Mensch. Er hat damals total zugemacht.

Wenn ich mich für etwas interessiere, bleibt es meist dabei, auch wenn ich manche meiner Interessen wie eine schwere Last mit mir herumtrage. Da ich mich schon im Rahmen von Amnesty mit der Türkei beschäftigt hatte, fing ich wieder an, mich mit dem Land und seinen Problemen auseinanderzusetzen. Der kurdischen Frage bin ich bis heute treu geblieben. Wenn ich sehe, wie kurdische Frauen an vorderster Front Terroristen bekämpfen, dann erfüllt mich das mit Stolz. Selbst wenn ich wollte, hätte ich mich der türkisch-kurdischen Kultur nicht entziehen können. Dafür gibt es in unserem Viertel zu viele Berührungspunkte mit türkischen und kurdischen Migrantinnen und Migranten. Außerdem ergaben sich Kontakte über Ines' Schule.

Jetzt, da Sie nachfragen, fällt mir auf, dass Ercan der einzige echte türkischstämmige Freund ist, den ich habe. Die Leute aus dem

Verein würde ich nicht als Freundinnen oder Freunde bezeichnen. Zafer hätte mehr werden können. Aber er ist ja kein Türke, sondern Kurde. So oder so suche ich mir meine Freundinnen und Freunde nicht nach dem Pass aus. Jedenfalls bekomme ich von der türkisch-kurdischen Community viel mehr mit, seit Ines im Verein Fußball spielt.

Ines hat auf dem Schulhof angefangen, Fußball zu spielen. Meine Kleine ist einfach zu den Jungs und hat gesagt, dass sie mitkicken wolle. Erst haben die Bengel sich darüber lustig gemacht, doch bald gehörte meine Tochter einfach dazu. Ines war eine Vorreiterin. Nach ihr sind andere Mädels an ihrer Schule auf den Geschmack gekommen. Warum Ines später ausgerechnet zu diesem Verein wollte, weiß ich nicht mehr so genau. Ich glaube, sie kannte jemanden dort. Mein Eindruck ist, dass die meisten Mädchen und Frauen mehr oder weniger zufällig im Verein gelandet sind. Das läuft anders ab als bei den Jungs. Die achten immer darauf, zu welchem Verein sie gehen. Wenn die Jungs es nicht tun, übernehmen das ihre Eltern für sie. Mir war es nicht wichtig, ob der Verein türkisch, deutsch oder deutsch-türkisch war. Ich habe den Vereinsbeitritt meiner Tochter befürwortet, weil ich Ines unterstütze, wenn sie ihren Interessen nachgeht. Das ist absolut selbstverständlich für mich. Wenn ich das mal nicht einlösen konnte, dann hatte das meist finanzielle Gründe. Letzten Sommer wollte Ines nach Südfrankreich zu einem Sprach- und Surfkurs. Das war einfach nicht drin, was ich sehr bedauert habe. Es belastet mich, wenn ich ihre Wünsche nicht erfüllen kann.

Bei ihren Fußballaktivitäten war ich von Anfang an dabei. Ich war wahrlich keine Fußballexpertin, aber man findet schnell rein. Natürlich nicht so wie Ardas Vater Fikret, der zur Managerfarce mutierte. Eine ganz traurige Gestalt. Seine Familie hat sehr unter ihm gelitten, allen voran seine Ehefrau und seine Tochter Yasemin, eine extrem kreative und inspirierende Person. Ich kenne sie nicht gut, aber ich denke, sie knabbert daran, in Ardas Schatten zu stehen. Er, der kommende Superstar, sie, eine erfolglose Modedesignerin. Da hast du keinen einfachen Stand, gerade in einer türkischen Familie nicht. Ich bewundere Yasemins Beharrlichkeit. Sie hat viel mehr Power als Andrea, die viele für eine starke Frau halten. In Wahrheit ist sie eine linke Phrasendrescherin, die in der Männerwelt ihren Platz sucht. Der Glaube, sie könne da mir nichts, dir nichts mitspielen, zeugt von einer Naivität sondergleichen. Warum sollen wir Frauen uns mit diesen Machomonstern gemeinmachen?

Sie müssten einmal miterleben, wie sich Ines' Trainer am Spielfeldrand aufführt. Mich würde es als Spielerin verrückt machen, dass Ernesto ständig aufs Spielfeld ruft, andauernd den Schiedsrichter verbal attackiert oder sich mit dem Trainer der gegnerischen Mannschaft anlegt. Keine Ahnung, ob das an seinen lateinamerikanischen Y-Chromosomen oder so liegt, aber Ernesto scheint darauf programmiert zu sein. Ich habe ihn nur so erlebt. Kategorie: ändert sich nie. Ines findet, dass ich ihren Trainer falsch einschätze. Ernesto sei ein super Trainer. Außerdem sei Fußball nun mal nichts für Tussis, da könne man nicht jede Ansage auf die Goldwaage legen. Nun gut, mag sein, aber warum lassen sich Ines und ihre Mitspielerinnen von der gegnerischen Mannschaft erniedrigen? »Ayşes, seid mal nicht so brutal. Liegt wohl bei euch im Blut, ihr Türkenbitches«, sagte eine Frau beim letzten Spiel.

Daran werde ich mich nie gewöhnen. Furchtbar! Es ist ja nicht so, dass es bei solchen Sprüchen bleibt. Einmal wurden Ines und ihre Mannschaftskolleginnen bei einem Auswärtsspiel von ihren Gegnerinnen mit Stullen begrüßt, die in ihrer Kabine ausgelegt waren.

»Probiert es doch mal mit Schweinefleisch, vielleicht hilft das«, stand auf dem Papier, das an der Tür klebte.

Was bitte schön hat das noch mit Fußball zu tun? Wo immer Ines und ihre Mannschaft auftauchen, sie werden zu Türkinnen gemacht. Sie müssten mal Jessica sehen! Blond, grüne Augen, groß gewachsen. Wie kann man bei ihrem Anblick an eine Türkin denken? Das Team ist ein total bunter Haufen. Aber mit einem solchen Vereinsnamen provoziert man derartige Aggressionen, fürchte ich. Ich habe bei Komünist Yusuf einmal vorgefühlt, ob es denn nicht vorstellbar wäre, den bestehenden gegen einen modernen, pluralistischen und multikulturellen Namen auszutauschen.

»Multikultispor, oder was?«, brüllte er. Dann faselte Komünist Yusuf irgendetwas von Traditionsverein. Inzwischen verstehe ich so viel von Fußball, um zu wissen, dass 40 Jahre Hinterhoffußball aus einem Klub noch keinen Traditionsverein machen. Das würde ich Ines gegenüber so nicht sagen, da sie ihren Verein cool findet. Als ich sie fragte, wie sie den Vereinsnamen finde, entgegnete sie: »Steil.« Was soll man davon halten?

Zum Glück halten wir uns mit solchen Lappalien nicht lange auf. Dazu besteht ja auch kein Anlass. Ich freue mich, wenn meine Tochter eine Meinung hat und sie vertritt. Ich stimme auch nicht in die Litanei ein, dass die Jugend von heute unpolitisch sei. Die Kids haben gar keine Chance, unpolitisch zu sein.

Ich sprach vorhin von der Krise und ihren Folgen. Mir fällt auf, dass Ines beginnt, sich zaghaft für Politik zu interessieren. Aber für Ines ist es unvorstellbar, sich festzulegen und länger für ein Anliegen einzustehen, so wie ich es in der Frauenbewegung und bei Amnesty getan habe. Es ist aber nicht nur das. Wir missverstehen uns oft, weil wir nicht die gleiche Ebene finden. Wenn ich von Diskriminierung der Frauen im Verein spreche, dann meine ich das explizit gesellschaftspolitisch. Ines ist konkreter: Sie fordert besser ausgebildete Trainerinnen und Trainer für die Mädchen- und Frauenteams, beschwert sich darüber, dass die Männer immer wie selbstverständlich die Trainingsplätze für sich beanspruchen, und flippt aus, wenn Jungs von den Nebenplätzen ungläubig rüber gucken, wenn ein Frauenteam einen Spielzug erfolgreich zu Ende führt.

Ich wollte von Ines erzählen und schwafle ununterbrochen von diesem Verein. Das hat vermutlich damit zu tun, dass ich zuweilen verunsichert bin, ob dieser Verein und sein Umfeld das Richtige für Ines sind, obwohl ich zugeben muss, dass meine Tochter viel selbstbewusster geworden ist, seit sie dort spielt. Der raue Ton hat ihr offenbar gutgetan. Ines hat sich weiterentwickelt. Wenn sie heute auf dem Feld irgendeinen Ayşe-Spruch hört, teilt sie ganz schön heftig aus. Sie sagt dann Sachen, die ich nie in den Mund nehmen würde. »Rasier erst mal deine Muschi oder lass dich umoperieren«, brüllte sie vor ein paar Wochen eine Gegnerin an, die sie umgesäbelt hatte.

Außerdem stellt der Verein – wie auch immer ihm das gelingt – gute Aktionen auf die Beine. Vor etwa einem halben Jahr war Ines mit ihrer Mannschaft in Jerusalem. Dort haben muslimische, christliche und jüdische Frauenmannschaften bei einem Turnier gegeneinander gespielt. Was für ein wundervolles Zeichen in Zeiten religiösen Hasses. Solchen Dingen gebe ich viel Raum auf der Website des Vereins. Da lass ich mir von niemandem reinreden. Auch die Vereinsinitiative gegen Homophobie im Fußball greife ich regelmäßig prominent auf. Als ich das erste Mal davon erfuhr, war ich sehr darüber erstaunt. Das habe ich damals blöderweise auch Ercan gebeichtet. Er hat mir unterstellt, das sei rassistisch, weil ich dem Vorurteil erliege, dass sich ein türkischer Verein nicht gegen Homophobie engagieren könne. Ich hätte ein bestimmtes Bild von dem, was türkisch sei, dazu passe es wohl nicht, sich für Schwule und Lesben einzusetzen. So spricht eben jemand, der seit acht Jahren – gefördert von irgendwelchen Stiftungen – in der Kulturanthropologie an einer Doktorarbeit bastelt.

Die Initiative gegen Homophobie ist tatsächlich nicht nur ein Lippenbekenntnis. Letztens wurden zwei Homosexuelle in die Frauenabteilungen eingeladen. Die beiden haben über sich und ihren Alltag gesprochen. Die Mädchen haben anfangs ständig gekichert. Ines meinte, viele von ihnen hätten sich vorher noch nie mit Gays unterhalten. Hallo, in welchem Jahrhundert leben wir? Es dauerte aber nicht lange, und schon begannen sie, Fragen zu stellen. Man muss es nur fördern, dann klappt das mit dem Miteinander.

Nicht alle begrüßen solche Bestrebungen. Ich weiß gar nicht mehr, wann das genau war, aber wir waren bei einer Grillparty des Klubs. Es ging wieder einmal darum, ob man sich als Fußballverein dem Thema Homosexualität verschreiben sollte.

»Heute die Schwulen, morgen die Asylanten«, mutmaßte Vedat, der seit zehn Jahren vergeblich versucht, sich ins Präsidium wählen zu lassen. Muss ich das? Jedem reaktionären Müll immer etwas entgegensetzen? Nein, dachte ich mir und ließ Vedat Pazar mit seiner mit Sucuk und Tomate belegten Pide alleine stehen.

Ines will nach dem Abitur ein Jahr nach Australien. Das ist schon länger ihr Wunsch. Wenn es klappt, wird mein Täubchen dort ein Freiwilliges Soziales Jahr machen. Das Problem ist, dass es in Australien nicht gefördert wird. Da kommen erhebliche Kosten auf uns zu, die nicht alle von dem Projekt übernommen werden. Das ist kein Pappenstiel: Flug, Versicherung, Essen und Trinken, Unterkunft, da ist man schnell bei einigen Tausend Euro. Aber man kann auch Glück haben. Es soll Träger geben, die wenigstens ein Taschengeld bezahlen.

Ines macht sich nicht so viele Gedanken über das Geld. Kenan hat ihr neulich 3.000 Euro geschickt. Spät, aber er kauft sich frei von seiner Schuld. Ich war erstaunt, dass Kenan ihr so viel Geld zukommen lassen konnte, zumal er in Aussicht gestellt hat, es wieder zu tun. 3.000 Euro! Das ist viel Geld in der Türkei. Kenan hat scheinbar mit zwei Bekannten eine Privatklinik in Nordkurdistan eröffnet. Das ist für die Kurden in der Türkei so etwas wie die neue Schweiz. Viele investieren dort. Sie machen Geschäfte und finden das politisch, weil sie sich so am Aufbau Kurdistans beteiligten. Wie heuchlerisch!

Ines beschäftigt viel mehr, wie ihr Leben ohne ihren Verein und ihre Mitspielerinnen aussehen wird. Sie werden in Kontakt bleiben, Facebook sei Dank. Dennoch beobachte ich bei meiner Kleinen, dass die anstehende Trennung etwas mit ihr macht. Sie hat angefangen, Türkisch zu lernen. Erst habe ich gedacht, dass das mit Kenan zu tun hat. Dem ist aber nicht so. Ines meinte, es sei peinlich, dass so wenige Deutsche Türkisch könnten. Außerdem überlege sie, wenn sie aus Australien zurückkomme, eventuell nach Istanbul zu gehen. Vielleicht zum Studieren.

Natürlich wird sie mir fehlen. Aber ich will, dass meine Tochter ihren Weg geht, und ich habe mein eigenes Leben, meine eigenen Freundinnen und Freunde. Und mir bleibt mein Kiez.

Ja, hier fühle ich mich wohl. Uneingeschränkt: ja. In den letzten zehn bis fünfzehn Jahren hat sich vieles getan, wie es eben so ist, wenn sich die soziale Struktur im Viertel verändert. Klar finde ich es ärgerlich, wenn Leute vertrieben werden, weil sie sich die Mieten nicht mehr leisten können. Aber dass Läden eröffnen, die richtig guten Kaffee servieren, halte ich für eine Steigerung der Lebensqualität. Zumal wenn Leyla den Kaffee reicht.

Ich gehe davon aus, dass unser Kiez sich in den nächsten Jahren noch weiter verändern wird. Dass der Verein mit diesen Veränderungen mitgehen kann, bezweifele ich. Die Betonköpfe sind zu traditionalistisch, um dem Verein eine neue Identität zu geben. Wenn ich ehrlich bin, ist mir das auch nicht so wichtig. Meine Tätigkeit als Online-Redakteurin hätte ich längst abgegeben, wenn sich jemand gefunden hätte, der das übernimmt. Ich habe schon mit vielen über meine Nachfolge gesprochen. Aber die Herren hören nur das, was gut in ihren Ohren klingt. Richard Bachmann ist leider keine Ausnahme, auch wenn ich das lange gedacht habe. Auf ihn ist auch kein Verlass. Er verfolgt wie auf Autopilot seine eigenen Interessen. Spätestens wenn Ines nicht mehr für den Verein spielt, werde ich mein Engagement hinschmeißen.

Oh die Sitzung ist schon beendet?

Ja?

Nein, wir können bei Donnerstagvormittag bleiben – das passt mir gut.

PORNO UND SPIELE

Immer noch porno, dass so viele es nicht schnallen, dass der große Shit nicht der Fußball, sondern der Bums drumherum ist. Ich meine nicht, wie 'n Opfer im Stadion sich kaputtschreien, Pyrotechnikalarm veranstalten oder jeden Tag vor der Glotze abhängen, weil 'n Spiel läuft. Als Babo mit Basis-Set kannst du dir täglich 'n Spiel reinziehen. Montag: Spitzenspiel 2. Bundesliga, Dienstag: Champions League, Mittwoch: Champions League oder Länderspiel, Donnerstag: Europa League, Freitag: Bundesliga, Samstag: Bundesliga oder Serie A, Sonntag: Bundesliga oder Serie A. Gut, wenn deine Eltern anatolische Ziegentreiber sind, tauscht du die Serie A gegen die türkische Süper Lig. Jeder kann sich mit Fußball 'ne Brücke zu Mammapapaland bauen. Eigentlich bomba, aber warum schieben so viele deswegen 'ne Krise?

Kannst du mir mal bitte sagen, warum du zum SSC Neapel hältst, wo du hier geboren wurdest, hier zur Schule gegangen bist, hier eine Ausbildung gemacht hast? – Hier, hier, hier! Schon mal von Diego Armando Maradona gehört? Schon mal unsere Fans erlebt, die du dir im Hertha-Bayern-Leverkusen-Ingolstadt-Eintracht-HSV-FC-Traum nicht vorstellen kannst? Basta, du Kartoffel aus dem biologischen Anbau deines gottverdammten Abendlandes.

Warum kein Wort darüber, dass Schule und Ausbildung niente gebracht haben und ich arbeitslos bin? Läuft in Germania nicht. Jetzt sollen wir nicht mehr »arbeitslos«, sondern »arbeitssuchend« sagen. Aber ich suche gar keine Arbeit, ich suche das große Para, Money für die Ewigkeit.

Da hat mich der Cem schon länger auf 'ne Idee gebracht, die nur einen Haken hat: Sie macht abhängig. Es gibt 'n anderes Problem: An Geld kommt man damit auch nicht – wenn man Glück hat, verliert man keins. Nicht ganz übel, oder? So ist es mit Stoff, der schön high macht. Womit wir wieder beim Bums wären. Der Cem ist corretto di mondo, ein Chabo der Champions League, kennt sich wie kaum 'n anderer damit aus. Ich kenn' den Cem schon verdammt lange. Der Cho war mal 'ne ganz große Nummer im Kiez. Mamma mia, früher wurde er überall respektvoll gegrüßt, voll der Kiezkönig. Einer von vielen. Aber irgendwann ging's im Kieztempo bergab mit ihm. Seitdem wird er nicht mehr mit Tamtam gegrüßt. Arrivederci, alles vorbei. Wie 'n Straßenköter läuft er inzwischen verloren durch unsern Kiez. Aber 'n bisschen Himmel ist ihm mit uns, seinen Freunden, geblieben. Man kann über den Cem sagen, was man will, aber er fickt niemanden. Also, der Cem zieht niemanden über den Tisch. Was er sexuell anstellt, ist seine Sache. Überhaupt sollte Ficken privato bleiben.

Wir hatten uns neulich ein bisschen frisch gemacht und waren losgezogen. Wach für die Nacht. Getrunken haben wir, mamma mia. Seh' ich, wie die Angela an der Theke Nüsse knabbert, sola. Ist doch klar, denke ich, muss sie doch nicht. Ausgecheckt, Blickkontakttango den ganzen Abend. Bin dann später zu ihr und mache ihr frontal 'n Amore-Angebot. Aber statt einfach Ja oder Nein zu sagen, hält sie mir 'n Vortrag, wie 'ne Rede im Parlament.

Was geht bei den Ladies in Germania? Angela ist keine schrille Ausnahme. Kommandante Engels ist auch so ’n Fall: »Lass uns das ausdiskutieren.« Ey, was soll das werden? Wenn ich reden will, stehst du nicht gerade auf meiner Top-Ten-Liste. Ist schon fast ’n Jahr her, noch bevor Andrea nach Südamerika zum Kampf gegen Globalisierung verschwunden war, gingen wir ’n paar Schritte zusammen, dann fiel Kommandante Engels aus dem Nichts ein, dass sie Lust auf ’n Burger hat.

»Für dich überfalle ich sogar die nächste McDonald’s-Filiale«, machte ich ’ne Ansage – und was für eine. Kann man einer linken Lady ein schöneres Kompliment machen? Was machte die Andrea? Nix. Sie machte nix, sagte nix, keine Regung, niente. Nichts gegen ’ne Abfuhr, so ist das Spiel, aber das war kein Stil, das war noch übler als jemanden bei Tinder mit ’nem X für immer abzuschießen. Meine Matchingquote mit den Angelas und Andreas dieser Welt ist minimal. Das habe ich endgültig klar für mich. Die Bilanz spricht Bände.

Weiß der Teufel, wie der Cem bei A&A scoren würde. Aber von meinem Bruder kann man viel lernen. Hätte er ’ne App für Ratschläge auf den Markt gebracht – mamma mia –, er wäre schnell wieder Kiezkönig oder ’n Fernsehstar im Dschungel. Der Cho droppt Weisheiten, wie andere ’ne Depression schieben. Eine lautet: Du musst dir selbst helfen, sonst gehst du unter. Mit »du« meint er sich, weil ’ne andere Weisheit von dem Cem heißt, dass die anderen keine Navigation besitzen, um Schicksalsschlägen im Leben aus dem Weg zu gehen. Der Cem hat mal was Krasses abgezogen. Er hat seinen Berater aus der Arbeitsagentur nach Feierabend zu ’ner Line eingeladen. Immer nur Leistungen kassieren, mal Zeit für ’ne Geste der Dankbarkeit, dachte der Cem sich. Was mir nicht in den Kopf geht: Warum ist der Vermittler-Rudi nicht ausgetickt, dass ihm der

Cem Koks ausgibt, wo der sonst nur gejammert hatte, dass man mit Hartz IV abgefuckt sei. Dackeln die beiden in der Bar schön gemeinsam zur Toilette. Ist maximal gut gegangen. Seitdem ist für den Cem finito mit Ein-Euro-Jobs und anderem Quark.

Der Cem und ich haben uns im Wettbüro 'n Spiel der Serie A gegeben. Oberste Langeweilekategorie. Italia ist und bleibt meine big Amore, aber, ey, die Spiele aus der Serie A sind oft der volle Absturz. Ich meine, was ist daran noch große Fußballwelt, wenn die Stadien fast complettamente leer sind und man bei der Fernsehübertragung keine Zuschauer mehr hört, wenn 'n Tor fällt. Wenn ich Geisterstunde will, leih' ich mir 'n Film aus der Videothek, Mann. Der Kick war so 'n öder Fick, dass wir zu Alkohol übergingen. Was anderes ist im Wettbüro eh nicht drin, ist ja allgemein bekannt. Plötzlich fängt der Cem an, mir 'ne Predigt zu halten, dass man mit hartzen nicht weit komme, mit arbeiten auch nicht mehr. Seine Meinung. Dann hat mich der Arsch mit der Droge Fußballwetten bekannt gemacht. Der Penner, voll der Wettbabo, gibt mir beim ersten Mal 'ne Runde aus und meint: »Tipp doch mal 'n paar Spiele.« Wie so 'ne Einstiegsline, die der Dealer ausgibt. Nimmst du sie, bist du gefickt. Vaffanculo, ich gleich zugegriffen. Danach war ich immer drauf gewesen, immer auf Fußballwette. Alle im Verein zocken. Na ja, nicht alle, aber echt viele. Ich möchte nicht wissen, wie viel unsere Mitglieder fürs Wetten jährlich verballern.

Der Cem, der schwört schon länger auf Fußballwetten. Nichts hat ihn bis heute davon abgebracht, auch die ganzen Wettskandale nicht. Wenn der Cem keine Kohle zum Zocken hat, dann leiht er sich welche oder macht das Spielgeld irgendwie anders klar. Der Cem ist 'n ziemlich kranker Freak. Neulich waren wir wieder im Wettbüro. Tippt der Cem nicht wie wir alle vier oder fünf Spiele per Schein, nein, der Wettmufti bringt gleich 18 Spiele an den Start. Dass muss man sich mal geben! 18! Wenn er alle richtig tippt, kassiert er 45.457,60 Euro. Stand auf dem verfickten Schein, den er mir andauernd vor die Nase gehalten hat. Dabei glotzte der Cem abwechselnd auf alle zwölf Bildschirme, auf denen die Spielstände angezeigt wurden. Der Cem hätte die HD-Edelschirme vor Geilheit fast abgeleckt. Er gab ein Scheißbild ab.

»AMK, fick das Schicksal! Bei Allah, 17 Spiele richtig! Wenn der Hurensohn in Schwarz jetzt dieses eine Spiel abpfeift, dann ertränke ich euch in Rakı und mir bleiben immer noch 45.000 Steine«, johlte der Cem wie 'ne Tucke. Völlig abgedreht.

Mein Cho kriegte sich nicht mehr ein. Leider ist es dann doch passiert: In der 95. Minute fiel bei RAEC Mons gegen KRC Genk 'n Tor, das halt nicht fallen durfte. Es war das verdammte 18. Spiel, das der Cem getippt hatte. Im Wettbüro herrschte gleich Kanak Attak und Big Drama von wegen klares Abseits, Schiebung, gekaufter Schiri, jüdische Verschwörung und so. Irgendwie müssen 'n paar andere Junkies auch auf Mons gegen Genk gesetzt haben. Ey, wie krank ist das? Setzt doch auf Paderborn, Cesena, Liverpool oder irgendwas, aber warum gerade Belgien? Warum gerade Mons und Genk? Der Cem hatte sich nicht mehr unter Kontrolle, komplett getillt.

»Scheiß drauf, wir chillen einfach 'n bisschen«, versuchte ich, ihn zu beruhigen.

»Was chillen, 'lan? Die ganze Kohle ist weg. Davon hätte ich dich drei Jahre mit Pizza vollstopfen können, Arrabbiata.«

Der Cem wuchtete seinen Schädel gegen die Wand, bis seine verfickte Stirn blutete. Vaffanculo, die blutete übel.

»Ruft einen Krankenwagen, verdammt!«, brüllte ich in den Raum.

Der Wettbürobesitzer, total angefressen, zeigte zur Tür: »Fickt euch.«

Ziemlich klare Ansage war das.

Ach, weil ich eben bei Bums und Fußball war, da bin ich naturalmente gleich bei Amore. Bei uns im Verein ziemlich delikate Angelegenheit, weil die Türken immer 'n bisschen zu avanti bei Würde, Ehre, kein Sex vor der Ehe und »Allah sagt dies und das« sind. Ich mein', die fahren einen krassen Film. Ey, selbst die Yasemin, sonst so 'ne »Ich-habe-etwas-vor-und-lass-mir-nichts-einreden«-Lady, achtet mega drauf, dass ihre Famiglia nicht alles mitbekommt, was bei ihr so geht. Ist gar nicht so lange her, da hatten wir was laufen, hohes Matching und so. Mann, die auf Melodram, von wegen: »Wir müssen aufpassen, dass der Arda nicht was ahnt, der Burak nicht was ahnt, mein Vater nicht was ahnt. Meine Mutter soll auch nichts ahnen, wäre aber nicht so schlimm, wenn sie es schnallt, viel weniger schlimm, wie wenn es meine Brüder oder mein Vater täten.« Als die Yasemin mit ihrem Laberflash fertig war, dachte ich, scheiße, ich bin 'n Täter, so 'n Gangster in Sachen Amore. Ey, okay, ich finde die Yasemin schon länger bombe, aber der Plan war ja nicht, türkisch-italienische Freundschaft, bis dass der Tod uns scheidet. Bisschen schöne Zeit, Kino, Essen gehen und eventuell fare l'amore – capito? Zu allem kam es 'n bisschen, aber durch die Decke ging's insgesamt nicht. Bei uns im Verein haben wir 'ne fantastico Frauenfußballcombo. Denkt man, 'ne kleine Börse für's Kennenlernen, Romanticismo, Candele, große Gefühle, aber nichts von dem, niente, zumindest für mich nicht.

Auch mit Fußball konnte ich mir nicht viel kaufen, obwohl ich früh eingestiegen bin. Es kriselte bei mir schon in der C-Jugend. Mamma mia, ich kam nicht mal mehr auf die Ersatzbank. Zu viel

Pasta, zu wenig Kondition. Was sollte ich machen, grande Talent von dem Arda? Fehlanzeige. Aber, ey, ich hatte Spaß, bis mich diese Leistungskurvenscheiße rausgekickt hat. Bin aber dem Verein treu geblieben, ohne Mitgliedsbeiträge abzudrücken. Warum auch? Spiel' ich nicht, zahl' ich nicht. Mitglied bin ich trotzdem noch. Unser Verein ist nicht Germania, der schiebt niemanden ab. Die Verein-Alis sind froh über jeden. Wenn sie ab und zu für »Wir sind Multikulti«, »Wir sind Integration« oder »Wir sind, was ihr wollt« Almosen bekommen, macht sich der Giuseppe di Rossi eh gut. Guckst du, wir sind nicht nur türkisch, haben alles dabei.

Aber zurück zu Amore. Neulich merke ich beim Spiel der Ersten, dass unser Mittelfeldass Sinan 'ne schöne Scheiße zusammenspielt – voll die Fehlermaschine, der Chabo. Nach dem Spiel ging ich auf dem Parkplatz zu ihm. Der Sinan wollte gerade in seinen peinlichen Lupo einsteigen. Nichts gegen Kleinwagen, aber mit 'ner rosa Karre rumfahren, nur weil 'n Sponsor aus 'm Kiez euch so 'n schwules Ding hinstellt, ich weiß ja nicht ...

»Sinan, was war los?«

»Was soll losgewesen sein, G.?«

»Du kickst 'ne Scheiße zusammen. Seit Wochen, Mann. Nichts vom grande Pirlo, nur noch Mist wie ihn die Iren spielen.«

»Wie kommst du jetzt ausgerechnet auf die?«

»Weil Italien letzte Woche gegen Irland gespielt hat.«

»Stimmt.«

»Also, sag an, was ist, mein kleiner Pirlo?«

Zugegeben, das war 'ne Übertreibung de luxe, aber 'ne Anspielung auf Andrea Pirlo schmeichelt bestimmt, dachte ich. Würde mich jemand mit dem Maestro vergleichen, alles wäre drin bei mir, auch Ganzkörpergänsehaut.

»Das soll ich ausgerechnet dir erzählen? Du zwitscherst schneller als alle Twitter-Faschos dieser Welt.«

Spätestens da war ich mir sicher, dass mit dem Sinan etwas nicht stimmen konnte. Ich meine, wenn der 'n politisches Wort in den Mund nimmt, und dann auch noch Faschist, musste er 'ne üble Zeit durchmachen.

»Ey, lass uns 'ne Pizza essen. Kohlenhydrate sind Kummerkiller.«

»Nein, lass gut sein. Ich fahr' lieber nach Hause.«

Was passierte? Wir gingen in die Pizzeria gegenüber vom Trainingsplatz. Sehr kranker Laden. Macht auf italiano, wird aber von 'nem Araber betrieben. Aber wir Italiener haben uns daran gewöhnt, dass man uns in Germania unsere letzte Domäne nimmt, da ist es egal, ob es 'n Ami, 'n Turco oder eben der Bruder Said tut. Habe ihm oft Tipps gegeben, wie seine Pizza lecker werden könnte, aber der Bruder Said, der hört nicht hin. Deswegen ist es immer dasselbe: Du bestellst Pizza und bekommst Araber-versucht-Pizza. Der Sinan trank Ayran, weil nach dem Training gleich Essen nicht drin ist. Kann ich verstehen. Aber der Sinan trinkt keinen Alkohol – das kann ich nicht verstehen. Ich verdrückte 'ne Araber-versucht-Pizza mit scharfem Öl, trank Rotwein-Sprit aus dem Kosovo, und der Sinan schaute mich total depri an, als ob gerade seine beiden Großmütter gestorben wären.

»Ist alles bei Gesundheit, Bruder?«

»Allah sei Dank, alles ganz gut.«

»Jetzt halt den da raus, lass mal hören, was abgeht.«

Bis der Sinan mit der Sprache rausrückte, war ich bei der vierten Kosovorunde. Und dann – vaffanculo – packte er doch noch aus. Der Sinan war voll im Amoredesaster mit der Jessica aus der Ladymannschaft.

»Ah, genial, ihr könnt das Spielfeld ins Bett verlagern. Bam, bam, Bambino. Mamma und Papa Fußballer, Bingo, der Junge wird Nationalspieler. Alles perfetto. Rente bombensicher.«

Ich laberte und laberte und laberte, dann unterbrach mich der Sinan: »Halt die Klappe jetzt. Jessica hat keinen Bock auf mich.«

»Glaub' ich nicht. Bist 'n prima Cho. Fußball spielen kannst du auch. Siehst gut aus. Musst nur 'n bisschen relaxter werden. Versuch's mal heimlich mit Alkohol, der Allah lässt es dir bestimmt durchgehen. Notlage.«

»G., du checkst es nicht, selbst wenn Obama, Christiano Ronaldo oder Ryan Gosling Schlange stehen würden ...«

»Ryan wer?«

»Der von ›Drive‹.«

»Ah, echt? Geiler Film, hab' ich gehört, aber nie gesehen. Den Brian würde sie auch scheiße finden, oder was?«

»Ryan, nicht Brian. Egal. Habe Jessica nicht konkret gefragt, aber relativ sicher, ja.«

»Bist du jetzt 'n Prophet?«

»Nein, Mann. Brauche ich nicht sein. Jessica steht nicht auf Männer.«

Okay, okay, okay, ich habe 'n bisschen auf der Leitung gestanden, warum auch immer, wahrscheinlich wegen des Kosovogifts.

Sag ich so: »Wieso verknallst du dich in eine Lesbica?«

Okay, okay, okay, wieder nicht gerade einfühlsam, gebe ich zu. Der Sinan hatte dann genug von meiner Befragung und wollte vor die Tür gehen. Nein, keine Wir-klären-das-unter-Männern-Sache. Er wollte rauchen. Das geht, weil mit dem Rauchen gibt's im Koran kein Problema.

»Weißt du, das schönste Spiel ist immer das gegen das Schicksal«, sagte der Sinan und blies filmreif den Zigarettenrauch in die Luft, war bestimmt bei Gosling abgeguckt.

Mamma mia, der Sinan spielt gegen den Abstieg, dachte ich, weil er inzwischen philosophisch wurde. Extrem gefährlich. Vom Schicksal kam der Sinan zur Anmache. Die müsse Tiki-Taka sein, wenn man erfolgreich sein wolle, behauptete der Sinan, der Gescheiterte. Im Fußball bestimmt. Mit dem Passterror haben die Spanier die Squadra Azzura und 'n paar andere Nationalmannschaften über Jahre gefickt, bis der Jogi und seine Jungs dem ein Ende bereitet haben. Dafür muss man dem Löw 'n paar Verdienstkreuze mehr ans Revers heften.

»Hast du bei der Jessica Tiki-Taka gespielt, oder was? Hat ja wohl nichts gebracht ...«

»Weiß ich selber, Arrabbiata. Soll ich dir was sagen, auch mit mit einem anderen System wäre es nicht anders gekommen.«

»Bruder, ich steig' aus. Was hat das alles mit Amore zu tun?«

»Das weiß ich nicht.«

»Weiß ich, weiß ich nicht. Mann, du bist abgefickt.«

»Weiß ich selber.«

»Du musst dich ablenken. Ausgehen. Party.«

Wollte der Sinan nicht, weil er fand, dass Ausgehen keine Lösung sei. Kann man dem Sinan nicht helfen, soll er weiter vor sich hin leiden, wobei ich am Ende gar nicht genau verstanden habe, warum er überhaupt Kummer hat.

Da tickt der Erdem anders. Mit ihm kann man immer Radau machen. Seine Bekanntschaft habe ich an der Discotür gemacht. Und mamma mia, was für 'ne Show.

»Kampfmaschine« – das war alles, was außer der Handynummer auf Erdems Visitenkarte stand. Der Erdem war mal deutscher Kickbox-Vizemeister. Irgendwann habe ich ihn sogar überredet, Fußballer in unserem Verein zu werden. Natürlich Verteidigung, Kanak-Catenaccio, ganz spezieller Fall.

Schon 'ne Weile her, da war ich mit 'ner Lady unterwegs, Saturday Night Fever und so.

»Guuuuteeen Abend«, lächelte ich bestgelaunt am Clubeingang.

»Was wird das, wenn es fertig ist?«

»Ein schöner Abend mit Verlängerung«, machte ich auf Partylöwe und Lover in einem.

»Aber nicht in diesem Laden.«

Ich hasse Türsteher von Oslo bis Palermo – und in unserer Stadt sowieso. Diese Arschfresse sah noch fieser und durchtrainierter aus als der Durchschnitts-Clubtür-Pitbull.

»Was ist, gefällt dir meine Kanakenfresse nicht?«

»Ha siktir 'lan, bin selbst Kanake!«

Sprach er und hielt uns das Stoppschild hin, während er aufgemotzte Hipsterfuckfressen in den Schuppen winkte.

»Dein Style kommt scheiße. Ich hasse Mittelmaß«, wauwaute der Clubtürwächter.

»Soll ich mir noch schnell was anderes zum Anziehen kaufen? Habt ihr zufällig drinnen 'nen Designerstore?«

»Oha, einer von der ganz witzigen Abteilung, was?!«

Wir hätten noch länger dieses Türsteher-Gast-Ding-Dong zum Besten gegeben, aber wir wurden von so 'ner Biokartoffel im grauen Anzug und mit Camper-Schuhen unterbrochen. So viel zum Thema Style.

»'Tschuldige, könnt ihr eure Familienangelegenheiten ein anderes Mal klären?« Die Bio-Kartoffel amüsierte sich über seinen eigenen Spruch und kriegte sich gar nicht mehr ein, der Ficker. Dann küsste er seine Begleitung, so, als ob er sich belohnen wollte.

»Halt's Maul, Ibne!«

»'Tschuldige bitte, ich habe dich *akustisch* nicht verstanden.« Die Bio-Kartoffel lachte total hysterisch.

»*Ich geb' dir gleich akustisch!*«, hat der Erdem die Kartoffel erst krass angebellt, dann ausgeknockt. Seine Visitenkarte habe ich aufgehoben.

Der Erdem und Fußball, daraus wurde nichts. Gut, er war 'n beinharter Treter, dagegen war Claudio Gentile 'n Gandhi des Fußballs. Aber der Erdem konnte keinen Pass über zehn Meter spielen. Unter uns, ich habe nie verstanden, warum der Erdem sich überhaupt auf der Ersatzbank breitmachen durfte. Ich glaube, der Trainer hatte Schiss vor ihm, obwohl er selbst 'n Feldmarschall war.

Es kam, wie es kommen musste, und der Erdem und ich schlossen Freundschaft. Die haben wir an der Theke gefestigt. Der Erdem hat anders als die meisten Turcos nicht so 'ne Allah-Verfolgung. Er sagt: Scheiß auf jede Religion, bringt nichts Gutes.

Überlege ich gerade: Mit dem Erdem habe ich gemeinsam Hunderte Liter Schnäpse gekippt. Der Erdem ist eben kein classico Turco, der schwört nicht wie seine Landsleute auf Rakı, sondern steht auf deutsche Schnäpse. So sieht bei uns gelungene Integration aus, ey. Der Typ wollte mal den Blog »eingeschnapst.com« machen, war ihm aber zu viel Stress. Schreiben ist nicht so seins. Normalerweise labert er über den guten deutschen Schnaps, aber dann hatte er es auf einmal mitten in der Nacht mit Tierfutter. Genauer gesagt, wollte er welches besorgen.

»Hast Viecher zu Hause oder was?«

»Nein, wollte mir mal was anderes zum Essen machen, Arrabbiata. Logo habe ich Tiere.«

Okay, da hätte ich von selbst drauf kommen können, weil seit 'n paar Jahren bei uns die Turcos im Hundefieber sind.

»Warum hast du mir nie davon erzählt?«

»Hast mich nie gefragt.«

»Hast sie auch nie dabei.«

»Arrabbiata, ich weiß nicht, wie du überlebst. Fällt dir nicht auf, dass wir uns nur noch sehen, wenn die Sonne längst untergegangen ist? Und außerdem: Sind neu.«

»Was?«

»Mein Pitbull und meine Katze. Meine Juwelen. Du wirst sie lieben!«

»Nee, lass mal, Tiere sind nicht so mein Fall, vor allem Kampfhunde nicht.«

»Giuseppe, du hast ja Angst! Komm, wir holen Futter an der Tanke, dann gehen wir zu mir.«

»Vergiss es, Bruder.«

Ich bin dann doch mitgegangen. Verdammt, da saß ich nun mit Sicherheitsabstand auf Erdems Sofa, weit weg von Bomb, so rief der Erdem seinen Pitbull. Mamma mia, ich hatte meinen Bruder gebeten, dem Scheißköter einen Maulkorb überzuziehen und ihn schön an die Leine zu nehmen. Hat der Erdem netterweise gemacht. Dann brachte er Marillenschnaps, irgendeine besondere Flasche zur Feier des Tages, weil seine Bestien und ich uns kennenlernten. Wir hatten schon 'n paar Kurze als seine Katze ins Wohnzimmer lief. Scheiße, ich hatte sofort Panik, sie könnte mich anfallen.

»Darf ich vorstellen: Kedi.«

Der Erdem hatte einen Heidenspaß, wie ich nervös auf dem Sofa hin- und herrutschte: »Du bist schlimmer als 'ne Tucke, Arrabbiata.«

»Mann, das ist ungemütlich mit deinen neuen Hausterroristen.«

Zum Glück zog Erdems Katze ab, und Bomb schlief irgendwann

ein. Wünschte, er würde nie wieder aufwachen, habe ich naturalmente für mich behalten.

Dann wollten wir einen Bruce-Lee-Film gucken. Alles wieder easy, dachte ich. Falsch gedacht. Plötzlich rast Kedi im Höllentempo durch Erdems Wohnzimmer. Mamma mia, echt Turbospeed, Katzenferrari. Der Erdem war jetzt auch durcheinander, weil die Kedi sonst eher in der Abteilung gemütlich unterwegs sei. Jetzt ohne Scheißübertreibung, die Bitch versuchte mehrmals, die Wand hochzukommen. Mann, das sah abgefuckt aus, aber so knapp einen Meter hoch schaffte es die Kedi und klatschte dann auf den Boden. Der Erdem war ultra besorgt, aber auch sehr betrunken, und bekam seine Mieze nicht in den Griff.

»Alter, mach was, dein Liebling läuft Amok.«

»Wichser, siehst du nicht, was ich versuche?«

Die Kedi war am Durchdrehen. Sie ging plötzlich auf den schlafenden Pitbull los. Der Bomb jaulte sich aus dem Schlaf, als sie ihn im Gesicht kratzte. Der Scheißköter war ihr ausgeliefert, weil der Erdem ihm einen Maulkorb verpasst hatte. Der Bomb hatte aber Glück im Unglück, weil die Kedi schnell keinen Bock mehr auf ihn hatte. Sie begann wieder, durch die Wohnung zu flitzen.

»Was ist mit der Schlampe los?«

»Fragst du mich? Ist doch deine Bitch.«

Der Erdem und ich sind der Kedi durch die Wohnung hinterhergetorkelt. Irgendwann haben wir herausgefunden, was los war: Die Scheißkatze hatte im Schlafzimmer auf Erdems Nachttisch das Kokaintütchen aufgekratzt und dran genascht.

Die Stronzi im Verein regen sich auf, dass ich hier und da über sie und unseren Klub rede. Aber alle machen das. Ist doch gut, sonst gammelt alles in unserem Fußballghetto.

Neulich schauten zwei Kulturchabos im Verein vorbei, meinten, sie wollten ein Theaterstück über den Klub schreiben. Mann, Spastis! Theater? Bringt uns auf die Leinwand, Blockbuster, Hollywood! Was sollen wir mit eurer Scheißhinterhofbühne? Ich hab' die Typen gescannt. Die kriegen das nicht auf die Kette.

Ey, hab' ich vorhin von Hetero-Homo-Amore gesprochen und voll vergessen 'n paar Takte abzusetzen, dass unser Verein ganz korrekt in Sachen Homophobie unterwegs ist. Denkt man natürlich nicht. Ganz heißes Eisen, diese Homokiste. Als die mit dieser »Nichts gegen unsere schwulen Brüder«-Nummer um die Ecke kamen, hat es erst mal reihenweise Austritte aus 'm Verein gehagelt, normale.

»Das könnt ihr nicht machen. Wir haben unser Blut für diesen Verein geopfert, wir waren der Stolz einer ganzen Generation in Almanya. Ihr könnt unseren Verein doch nicht in einen Ibne-Klub verwandeln. Das zieht doch Schwule an. Übermorgen haben wir dann einen Ibne in der ersten Mannschaft. Ist es das, was ihr wollt?«, sagte Mehmet Abi, so 'n Veteran der ersten Stunde.

»Wir wollen uns gesellschaftlichen Verhältnissen stellen. Wir wollen sie im Verein abbilden«, erklärte Tuncay Abi aus dem Vorstand.

Mamma mia, was für 'ne Ansage von der Seconda Generazione, die sich in der Kommandozentrale des Vereins breitgemacht hatte. Spricht hier die Bundeskanzlerin oder unser Hallo-Hallo-Babo?

Der Vorstand ist ganz lässig geblieben und hat einfach alle Ausgetretenen im Mitgliederverzeichnis gelassen. Egal wer den Vorstand rockt, diese Praxis ist heilig. Da geht keiner ran. Im Vereinslokal ist die Homo-Offensive bis heute mega Thema. Für mich ist alles easy.

Man sagt, der Verein hätte Calcio homosexual für sich entdeckt, um beim DFB zu punkten. Mal ganz ehrlich: Was ist das denn für 'n Film? Der DFB als erste Adresse gegen Schwulenhass. Das glaubt doch niemand. Aber die Verzweiflung war so groß im Verein, dass alle möglichen Geschichten kursierten. Das hört auch nicht auf. Mit dieser Gay-geht-klar-Sache hat der Verein viele Fördergelder kassiert. Die Kohle haben sie 'n bisschen in die Gay-Aktion gesteckt, der Rest wurde für Transfers eingesetzt. Ehrlich, mir ist das egal, auch wenn sich unser Verein für die Rettung der Wale eingesetzt hätte – bis auf biji, biji Kurdistan machen die alles mit. Das macht den Kurdenbruder Zafer so fertig. Der spricht gar nicht mehr. Mann, die stieren alle auf Deli Fikret, aber der Suizidkandidat numero uno ist Zafer. Ist so 'n Scheißgefühl von mir. Hoffentlich täusch' ich mich.

Alle haben gefilmt, wie der Vater von Süperstar Arda durchgeknallt ist. Was für eine Scheiße! Der hatte 'nen krassen Filmriss, so eine Soloeinlage auf der Partymeile unserer Stadt. Wer war live dabei? Giuseppe di Rossi. Ich saß draußen vor dem Florian und hatte den perfekten Blick auf Fikrets Showtime geschossen. Deli Fikret rannte die Straße auf und ab, der Typ hatte nur noch eine Unterhose an, voll schwul, spuckte herum, beschimpfte alle Passanten. Ansonsten schrie er nur: »Mein Goldjunge will nie wieder spielen.«

Der Deli Fikret versuchte, sich die Haare vom Kopf zu reißen und sich vor Autos zu schmeißen. Mann, die Leute hatten vor Schock 'ne Totalblockade, schauten alle zu, wie der Kamikazechaos veranstaltete. Zum Glück haben der Komünist Yusuf und 'n paar andere Turcos ihn noch abgegriffen. Bullen, Krankenwagen und ab ins Krankenhaus. Flippt der Typ aus, weil die Moneten flöten gingen. Voll Abgrund.

Was oberkrass ist: Der Verein wird seine Feldherren nicht los. Die Kapos aus der ersten Generation kriegt man nie weg, die sind extremer als Berlusconi – und das ohne Botox und Bunga Bunga. Bis die nicht abkratzen, werden sie den Verein kontrollieren. Schon krass, die haben den Laden total heruntergewirtschaftet, sich schön vom Acker gemacht und tauchten plötzlich wieder auf. Da lief 'ne Rettungsaktion mit Disco, Plakaten, Moneta sammeln und dem ganzen Programm. Als Licht am Ende des Tunnels zu sehen war, machten sich die alten Babos wieder breit. Gegen die macht keiner einen Stich.

Mamma mia, dann noch die Aktion mit dem Änderungsschneider-Reinigungskette-King. Also, das mit dem King ist übertrieben, weil der Şefik, spricht man Sche-fick, maaa, schräger Name, wurde größer gemacht als er ist. Ist ja klar, der Typ hat viel Party geschmissen, damit wir ihn für 'ne Extraklasse halten. Am Ende gehörte ihm 'ne kleine Reinigungskette in unserer Stadt. Aber bei uns konnte er auf Abramowitsch und Bin Zayed Al Nahyan in einem machen. Kleiner Unterschied: Er hat keine Milliarden in unseren Verein gesteckt, auch wenn der Şefik behauptet, er habe 'n Vermögen investiert. Aber wie gesagt, der übertreibt maximal. In unserem Verein wird Buchführung nicht besonders großgeschrieben, obwohl seit Jahrzehnten fest in deutscher Hand. Aber schon vierstellige Einzahlungen wären bei 'nem bankrotten Klub wohl aufgefallen. Die Stars, die der Großkotz Şefik angekündigt hatte, haben auch nicht vorbeigeschaut.

Wie sind wir alle auf diesen Typen reingefallen? Auch 'ne lange Geschichte. Primo: Er konnte reden. Mamma mia, er hat so schön gesprochen, wie 'n Märchenerzähler. Er klang immer grandioso. Secondo: Pathos. Ich bin mir nicht zu schade, dreckige Spielertrikots sauber zu machen. Gut, der Stronzo hätte sagen müssen: sauber machen zu lassen. Aber egal, das sprach alle an. Terzo: Gutscheine. Der Şefik hat allen Mitgliedern Gutscheine für seine Reinigungskette ausgegeben. Ich habe so um die 20 davon einkassiert. Irgendwann war das ganze verdammte Viertel heiß auf diese Scheißscheine. Zustände wie auf 'm Schwarzmarkt. Was für 'n genialer Stronzo! Gibt 'n paar Hundert Gutscheine aus und rührt ganz fett die Werbetrommel für seine Klamottenwaschanlage, ohne das wir es checken. Gut, wir haben es natürlich gecheckt, aber halt zu spät. Quarto: Paradies. Ganz einfach, der Şefik hat uns das Paradies versprochen. Die Währung für das Paradies auf Erden ist Geld. Wir haben ihn alle gewählt, weil er behauptet hat, die Sache mit der Insolvenz kriegt er geregelt. Was soll ich sagen, bei uns ist der Beat 'n anderer: Der Şefik machte genauso schnell die Arrivederci-Fliege wie er gekommen war.

Vaffanculo, ich bin nicht das Orakel. Ich weiß nicht, wo wir hinsteuern mit unserem verdammten Verein. Das grande Drama ist, die anderen haben auch keinen Check.

STIL UND LÜGE

Ich habe Tinder gelöscht. Mir wurde das zu heftig. Anfangs war es Spaß. Das änderte sich. Tindern wurde ein einziger Horror. Mein Smartphone und meine rechte Hand waren wie verwachsen. Ich las und schrieb Nachrichten. Selbst auf der Toilette tinderte ich. Ich war rastlos und süchtig. Die Geschichte lief mehr oder weniger immer gleich ab: Erst gefiel das Foto, dann gingen Nachrichten hin und her, es folgte loses Flirten und schnell tauchte die Frage auf: Wollen wir uns vielleicht treffen? Auf ein Glas Wein? Das ist der Code für mehr. »Mehr« meint Sex. Nicht immer kam es dazu. Aber selten war es auch nicht gerade. Tindersex ist unverbindlich. Wie alles andere bis dahin auch. Man legt sich nicht fest. Alles kommt und geht.

Dann machte ich eine sonderbare Bekanntschaft. In Tindersprache: Ich hatte ein krasses Match. Max. Deutschlehrer an einem Gymnasium. Großer Bewunderer von Michel Houellebecq. Max hatte alle Romane von ihm gelesen. Im Original. Ein Deutschlehrer, der französisch liest. Das fand ich amüsant. Auch mit Max ging es hin und her. Er erwähnte eine Fantasie. Mein erster Fehler: Ich fragte nach. Er träume von folgendem Date: Ich warte zu Hause auf ihn. Er klingelt an der Wohnungstür. Aber sie ist schon geöffnet, nur angelehnt. Ich empfange ihn. Nicht an der Tür, sondern im Bett, in Doggy-Stellung. Ich habe nur eine Augenbinde um. Sonst bin ich splitternackt. Er nimmt mich wild. Wir reden kein einziges Wort. Wenn wir fertig sind, geht er einfach. Max bestand darauf zu wissen, wie ich das fände. Ich antwortete schnell. Ohne nachzudenken. Ich tippte drei Buchstaben: gut.

Sofort legte er nach: »Wollen wir?«

Mein zweiter Fehler: Ich stimmte zu. Es machte mich an. Ich hatte nur eine Bedingung: safe. Das war selbstverständlich für Max. Im Sekundentakt schrieben wir uns weiter. Wir waren mächtig in Fahrt gekommen. Wenige Stunden später klingelte er an der Tür. Wie vereinbart pünktlich um 21 Uhr. Max ging 20 Minuten später. Wir wechselten tatsächlich kein Wort miteinander. Max roch intensiv, aber nicht unangenehm. Er hatte vorher geduscht. Wie seine Stimme klang, wusste ich nicht. Am nächsten Morgen schickte Max erneut Nachrichten. Er schien sich vergewissern zu wollen, ob ich es geil fand.

Mein dritter Fehler: Ich erwiderte ehrlich. Es gefiel ihm, dass ich die Striemen und Bisse noch spürte. Max machte weiter mit neuen Wünschen. Er wolle einen Dreier. Mit mir und einer anderen Tinder-Bekanntschaft. Abwechselnd wolle er uns fesseln. Ich dürfe seinen Ledergürtel haben. Er würde Instruktionen geben, wie ich der Tinder-Bekanntschaft das Atmen erschweren könne.

»Kein Bock«, schrieb ich ihm.

Aber er bohrte nach. Richtig eklig.

Erst löschte ich unseren Dialog, dann Max und am Ende die Tinder-App. Ich war beunruhigt. Max wusste, wo ich wohnte. Wie hatte ich ihn bloß zu mir einladen können? Wie unvorsichtig ich doch gewesen war. Was würde ich machen, wenn er vor meiner Tür stünde? Zum Glück tat er das nicht. Max wird auch nicht auftauchen. Das ist nicht sein Kick. Vermute ich mal. Aber Restzweifel habe ich schon. Das stresst mich. Ich wollte Giuseppe davon erzählen. Ich vertraue ihm. Er kann Geheimnisse hüten. Das weiß ich.

Ich rede von Sex. Nicht von Mode. Dabei ist Mode meine Leidenschaft. Ich kann stundenlang über Design, Stoffe, Schnitte und solche Sachen quatschen. Das irritiert viele. Eine Frau, die Yasemin Toprak heißt, ist für andere Schubladen vorgesehen. Unterdrückung von Frauen, das wäre so eine. So denken die meisten. Da kann ich meinen deutschen Pass vorzeigen, so oft ich will. Das ist kein Vorwurf, es ist eine Feststellung.

Dass man Sex und türkischstämmige Frau nicht zusammenkriegt, ist kein Kommt-schon-mal-vor-Phänomen. Auch nicht, dass viele uns für ein willenloses unterdrücktes Etwas halten. Das hat auch mit uns zu tun. Wir verlieren nicht viele Worte darüber, wie wir lieben. Meine Mutter schweigt schon seit jeher kategorisch darüber. Nur wenn sie früher mit ihren Freundinnen in unserer Küche kicherte, wusste ich, dass sie sich Bettgeschichten beichteten. Das taten sie nur in Andeutungen. Wenn ich in die Küche kam, wurde es mucksmäuschenstill. Würde meine Mutter von meinen Tinderaffären wissen, sie wäre Infarkt gefährdet. Sie würde mir panisch den Mund zuhalten, damit sie nichts davon erfährt. Aber wir müssen darüber reden, wie wir uns anziehen, wie wir uns ausziehen, wie wir begehren.

Meine letzte Beziehung quälte mich. Ich mochte nichts mehr an ihr. Unsere Unterhaltungen wiederholten sich. Hendrik und ich erzählten einander Anekdoten, derer der andere schon längst überdrüssig geworden war. Wenn die Gespräche andauernd mit »Ich weiß nicht, ob ich dir erzählt habe …« beginnen, hat man sich eigentlich nichts mehr zu sagen. Man lebt Beziehungsroutinen und erlebt nichts mehr, was einen bewegt. Genauso lustlos ist der Sex, wenn es ihn überhaupt noch gibt. Mit Hendrik hatte ich keinen mehr. Er langweilte mich, sein Körper auch. Andersherum war es anscheinend genauso. Es ging nicht mehr. Wir trennten uns. Einige Tage war ich sehr traurig. Alles war Blues. Bald aber kam in mir ein Gefühl der Befreiung auf. Das Leben ohne Hendrik war wie ein Song von Pharrell.

Ich stürzte mich wieder in die Arbeit. Seit Jahren ackere ich sehr hart für mein Label. Ich will es zum Laufen bringen. Meine erste Linie steht. Oder sagen wir so: Ich habe sie fertig gezeichnet. Meine Mode basiert auf einem modularen Konzept. Eine Kollektion besteht aus drei Modulen – Oberteil, Hose/Rock, Accessoire. Von jedem dieser Module designe ich zwei bis drei Stück. Der Clou: Man kann jedes Oberteil mit jeder Hose und jedem Accessoire aus der Kollektion kombinieren. Es passt immer. Es sieht nie beliebig aus. Man wird erkennen, dass es meine Kollektion ist. Ich habe meine Mappe einigen Leuten aus der Modewelt vorgestellt. Sie gefällt. Aber viele finden meine Herangehensweise zu aufwendig. Das modulare Konzept funktioniere nur, wenn Kunden aus einer Kollektion gleich mehrere Kleidungsstücke kauften, Marktforschungen belegten aber, dass sie das nicht täten. Ich sage dann, dass es mir um das Designprinzip gehe. Ich bin nicht scharf auf den Massenmarkt. Ich möchte besondere Mode für besondere Menschen entwerfen. Dafür gibt es bestimmt Käufer. Das weiß ich.

Nächste Woche habe ich ein Treffen mit einer Einrichtung, die Existenzgründungen von Frauen fördert. Mal sehen, was deren Geschäftsführerinnen sagen. Ich habe einige Rückschläge erlitten. Trotzdem gebe ich nicht auf. Ich glaube an meine Mode. Mir muss nur der Einstieg gelingen. Wäre Ardas Fußballkarriere anders verlaufen, wäre ich heute weiter. Darauf gesetzt hatte ich nicht, einfacher wäre es aber gewesen.

Als mein Vater in der Psychiatrischen war, habe ich ihn nicht besucht. Aber jetzt schaue ich immer mal zuhause vorbei. Das mache ich wegen meiner Mutter. Ich will sie entlasten. Es ist unfair, sie mit allem alleine zu lassen. Sie trägt die ganze Last, und ich sehe, wie schlecht es ihr geht. Meine Mutter ist schnell gealtert. Wenn ich sie besuche, blüht sie auf. Mein Vater hingegen ist und bleibt eine apathische Gestalt.

Ich muss mein Leben in den Griff kriegen. Es bleibt nicht viel Zeit für meine Mutter. Meine beiden Brüder, Arda und Burak, kümmern sich aber noch weniger um sie. Das werfe ich beiden vor. Burak lebt mit seiner Freundin zusammen. Arda muss sein Leben neu erfinden. Alleine ist er damit überfordert, aber helfen lässt er sich auch nicht. Manchmal mache ich mir ernsthaft Sorgen um ihn. Neulich waren Arda und ich im Kino. Das hatten wir ewig nicht mehr gemacht. Burak meldet sich nur bei mir, wenn er etwas braucht. Das ist sehr selten. Wir sind eine komische Familie. Jeder lebt für sich und hält dennoch daran fest, dass wir eine intakte Familie sind. Wir sind alles, nur das nicht.

Ich bin vor einiger Zeit Saskia in die Arme gelaufen. Saskia kenne ich aus der Schule und über Giuseppe. Sie ist keine Freundin, aber in unserem Viertel kennt jeder jeden. Ich finde sie sympathisch. Vor allem mag ich an ihr, dass sie sich gut anzieht. Sie hat Stil. Das bringt ihr bei mir Sympathiepunkte ein. Eigentlich laufe ich Saskia andauernd über den Weg. Bei ihr schien es zu laufen. Sie trug extrem teure Klamotten. Früher kombinierte sie Massenware, heute edle Designerstücke. Aber egal was, es sieht immer gelungen aus. Sehr schlicht, sehr elegant. Der Pullover, den sie bei unserer Begegnung trug, musste um die 400 Euro gekostet haben, für ihre Sneakers hatte Saskia noch mehr Geld ausgeben. Ich habe einen Blick für Preise. Klar interessierte es mich, wie sie sich das als Studentin leisten konnte. Ich hatte diese sexistische Frage nach dem reichen Lover im Kopf. Aber ich habe sie nicht gestellt. Ich wünschte, ich könnte mir solche Klamotten und Schuhe leisten.

Als Arda noch für den Bundesligaklub spielte, schenkte er mir mal ein Kleid von Isabel Marant. Von selbst wäre er nicht darauf gekommen. Ist ja auch nicht sein Metier. Ich hatte das schöne Stück bei ihm bestellt – Farbe und Größe inklusive. Trotzdem war ich völlig aus dem Häuschen, als ich mein Geburtstagsgeschenk auspackte.

Saskia fragte, ob wir nicht zusammen einen Kaffee trinken wollen. Eigentlich belassen wir es sonst bei Small Talk.

»Ja, warum nicht«, sagte ich.

»Wollen wir zu Leylas Laden?«

»Warum wollen seit Neuestem alle dorthin?«

»Ist das so? Mir fällt nichts anderes in der Nähe ein.«

Leyla hat geschafft, was ich nicht hinbekomme: Sie hat einen bezahlbaren Laden gefunden. Ich brauche eine Übergangslösung, bis mein Label fliegt. Deswegen will ich schon länger eine Boutique in unserem Viertel eröffnen, einen Store, der ausschließlich Kleidung anbietet, die von Frauen designt wurde. Aber nicht nur Frauenmode, sondern auch etwas für Männer, aber eben von Frauen entwickelt. Saskia fand das cool.

Ich war spazieren gegangen, damit bei dem schönen Wetter meine melancholische Stimmung verflog. Nun saß ich mit Saskia an einem kleinen Holztisch und bekam gute Laune, weil sie mich motivierte, meine Träume zu verwirklichen.

»Leichter gesagt, als getan. Du weißt doch, wie hoch inzwischen die Mieten hier sind.«

»Ja. Aber du findest ganz sicher etwas.«

Leyla kam immer wieder an unseren Tisch. Lächelte charmant und fragte, ob alles gut sei.

»Sie flirtet mit dir«, behauptete Saskia.

»Du spinnst.«

»Natürlich tut sie das. Verstehe ich auch. Schau dich doch an.«

»Was ist mit mir?«

»Nichts ist mit dir. Du siehst bezaubernd aus.«

Komplimente sind selten fehl am Platz. Saskia hätte gerne weitermachen können. Doch plötzlich räusperte sie sich demonstrativ: »Ich muss etwas sehr Unangenehmes ansprechen.«

»Oha, dann gleich raus mit der Sprache.«

Das fiel Saskia nicht leicht. Sie brauchte noch eine ganze Weile, bis sie endlich loslegte.

»Seit Wochen frage ich mich, ob ich dir das erzählen soll. Schließlich kennen wir uns schon ewig. Komisch, dass es nie für eine Freundschaft gereicht hat. In der Schule hingen wir mit unterschiedlichen Cliquen ab. Danach gingen wir andere Wege. Eigentlich ist Giuseppe unsere einzige Verbindung. Wie gesagt, ich habe sehr lange nachgedacht und am Ende entschieden, dass ich mit dir darüber reden muss. Aber ich habe mich davor gedrückt, dich anzurufen oder dir über Facebook eine Nachricht zu schreiben. Als wir uns vorhin über den Weg liefen, dachte ich: Gut, das ist ein Zeichen, jetzt muss ich es tun. Was ich dir zu sagen habe, wissen nur sehr wenige Menschen, Giuseppe gehört dazu. Du kennst ihn, er hat's locker genommen. Also: Ich arbeite seit etwa zwei Jahren für einen Escortservice …«

»Was? Das hätte ich dir gar nicht zugetraut ...«

»Es geht noch weiter ...«

»Echt?«

»Also: Ich bekomme von unserer Managerin Anfragen. Sie sagt mir, wer der Interessent ist, was er sich vorstellt, wann und wo er sich mit mir treffen möchte. Übrigens stimmt das Klischee, dass es oft Geschäftsmänner sind, die eine Abwechslung erleben wollen. Es sind nicht so super erfolgreiche Typen. Meist irgendwelche Geschäftsführer aus langweiligen Branchen – Autozulieferer und solche Sachen. Es ist auch wahr, dass sie meist jemanden haben wollen, der ihnen zuhört und von ihren Geschichten nicht gelangweilt ist. Ich habe mir das antrainiert. Inzwischen kann ich bei jeder langweiligen Story interessiert tun. Noch mehr gefällt ihnen, wenn du ihnen den Eindruck vermittelst, dass du sie ein bisschen anhimmelst. Sie wollen bewundert werden für ihre Arbeit oder sonst irgendetwas. Wenn du ihnen diesen Gefallen tust, scheinen sie zu vergessen, dass sie dafür bezahlen. Ihre Angestellten bekommen auch Geld, scheinen aber nichts dergleichen zu tun. Klar, viele Kunden wollen Sex. Der ist aber richtig teuer. Vor allem, wenn die Klienten wollen, dass ich über Nacht bei ihnen bleibe.«

»Saskia, äh ... Warum erzählst du mir das alles?«

»Vor einigen Wochen fragte mich unsere Managerin wieder an. Drei Herren aus der Fußballbranche wünschten eine Begleitung. Keine Sonderwünsche. Wenn überhaupt, dann Geschlechtsverkehr mit einem der Herren. Als ich am nächsten Abend zu der Verabredung in die Hotelbar ging, sah ich das Trio an einem kleinen Stehtisch. Einer von ihnen war dein Vater.«

»Wie bitte? Du spinnst!«

»Nein, ganz sicher. Ich kenne ihn doch.«

»Was erzählst du da? Das kann nicht sein! Was hat er denn getan, als er dich gesehen hat?«

»Er war schockiert. Das habe ich ganz genau gesehen. Erst hat dein Vater sich verstört umgesehen, dann schnell etwas zu den anderen beiden gesagt und ist dann hektisch verschwunden. Auf die Toilette oder so ... Ich bin zu den beiden anderen Typen gegangen. Wir haben uns gegenseitig vorgestellt. Die beiden schienen auch etwas verwirrt zu sein. Ich habe ihnen ganz cool erklärt, dass ich die Verabredung absagen müsse, weil ich ihren Begleiter privat kennen würde. Sie haben das bedauert und sagten irgendetwas in der Art, dass ich reizend sei. Wir unterhielten uns auf Englisch. Die sprachen nur ein paar Brocken Deutsch. Dein Vater kam nicht zurück. Ich habe mich höflich verabschiedet. Draußen habe ich die Managerin angerufen. Sie hat keine Schwierigkeiten gemacht.«

Ich versuchte mir einzureden, dass Saskia sich getäuscht habe.

Wir bezahlten bei Leyla. Sie umarmte und drückte mich unvermittelt. Das war alles so irre.

Vor der Tür mussten Saskia und ich plötzlich lachen. Dann fielen wir uns in die Arme. Wir zogen weiter – bis in die tiefe Nacht. Wir tranken. Alkohol war der beste Weg, nicht an meinen Vater denken zu müssen. Saskia und ich hatten in dieser Nacht sehr viel Spaß miteinander. Irgendwann waren wir unfassbar betrunken.

»Tinderst du?«, wollte ich von Saskia wissen. Ich merkte, dass ich nicht mehr richtig sprechen konnte.

»Mein Nebenjob reicht mir«, meinte Saskia.

Am nächsten Tag katerte ich aus. Die Erinnerung an Saskias Begegnung mit meinem Vater kam zurück. Wegtrinken kann man so etwas nicht. Ich überlegte, was ich tun sollte. Meinen Vater gleich damit konfrontieren? Wie sollte ich es ansprechen? Ich konnte nicht so tun, als hätte mir Saskia nichts erzählt. Je mehr ich darüber nachdachte, desto mehr bereute ich, von diesem Zwischenfall erfahren zu haben.

Bestimmt war mein Vater unverfänglich mit irgendwelchen Fußballtypen unterwegs gewesen. Seitdem er Ardas Süpermanager gab, traf er sich andauernd mit solchen Gestalten. Sie kamen oft aus der Türkei. Mein Vater wollte, dass Arda in die türkische Liga wechselte. Dort könnte Arda problemlos bei einem der großen Vereine spielen und sehr viel Geld verdienen. Ich hatte nichts gegen diese schöne Perspektive. Ganz im Gegenteil: Sie gefiel mir blendend. Manchmal stellte ich mir vor, Arda dort zu besuchen, er würde in einem tollen Viertel wohnen ...

Fußballer sind in der Türkei so etwas wie eine Klasse für sich, ihnen stehen alle Türen offen. Ich sah mich schon in Nişantaşı beim Einkaufsbummel. Bestimmt würde ich Modemachern aus Istanbul vorgestellt werden. Mit dem einen oder anderen würde ich ein Projekt auf die Beine stellen. Darauf kommt es heute an. Was gestern Arbeit war, sind heute Projekte. In meinem Freundeskreis sind immer mehr hinter irgendwelchen Projekten her. Ich ja auch. Warum also sollte ich es Arda nicht nachmachen und an den Bosporus ziehen? Doch aus diesen Tagträumen erwachte ich bald.

Lange fragte ich mich, ob mein Vater von dem Escortservice gewusst hatte. Wahrscheinlich nicht. Andererseits: Warum war er fluchtartig verschwunden, als er Saskia sah? Man sieht ihr doch nicht an, dass sie als Escortdame arbeitet. Also war er im Bilde. Ich wägte noch viele Details ab. Dann beschloss ich, meinen Vater eher beiläufig auf Saskia anzusprechen. An seiner Reaktion würde ich merken, was Sache war.

Meine Eltern und ich aßen gemeinsam. Arda und Burak waren

nicht da. Es gab gefüllte Paprika. Mein Vater und ich könnten jeden Tag dieses Gericht essen, und meine Mutter machte uns oft mit ihrem Meisterwerk glücklich. Als mein Vater beim Abendessen lechzend um Nachschlag bat, sah ich den richtigen Moment gekommen. Aber ich schwieg. Bis heute habe ich keine Silbe darüber verloren.

Einige Monate später entdeckte ich auf dem Smartphone meines Vaters viele Fotos von Frauen, die ich lieber nicht gesehen hätte. Er hatte mich gebeten, irgendetwas an den Einstellungen seines Handys zu ändern. Dabei war ich unabsichtlich auf seine Kollektion gestoßen.

Mein Vater verschwand nach diesen beiden Erlebnissen aus meinem Leben. Ich weiß nicht, wie ich es sonst sagen soll. Er existiert für mich einfach nicht mehr. Zumindest nicht so, wie er es vorher getan hatte.

Immer wenn ich darüber nachdenke, ihn zur Rede zu stellen, frage ich mich, was das mit meiner Mutter machen würde, und lasse es sein. Irgendwie aber habe ich meinen Vater mit der Escort-Affäre und der Fotoserie weiter konfrontiert, aber auf meine Weise. Ich habe ihn konsequent ignoriert. Nur das Nötigste habe ich mit ihm gesprochen. Guten Morgen, ja, nein, weiß nicht, mach's gut ...

Obwohl er nur Arda und dessen Fußballkarriere im Kopf hatte, ging ihm irgendwann ein Licht auf, dass etwas anders war: »Du bist so komisch. Stimmt etwas nicht? Was ist los?«

»Nichts. Sollte etwas sein?«

Mein Vater blieb verstört. Wann immer er mich stellte, gab ich ihm mehrdeutige Antworten. Vielleicht hat auch das dazu geführt, dass er den Verstand verloren hat.

Bei Konflikten schaltete mein Vater schon immer meine Mutter ein. Ich kann mich nicht erinnern, jemals mit ihm gestritten zu haben. Wie auch, wenn er vorher das Feld räumte, dieser Feigling? Er machte sich nie die Hände schmutzig. Das blieb meiner Mutter vorbehalten.

»Was ist mit dir, Yasemin? Warum bist du so zu deinem Vater?«, fragte sie mich.

»Was soll denn sein?«

»Du gehst ihm aus dem Weg. Sprichst kaum ein Wort mit ihm.«

»Es ist nichts. Wirklich, Anne.«

Wenn ich sie auf Türkisch Mutter nenne, ist sie immer beruhigt. Also bohrte sie nicht weiter.

Trotzdem habe ich viele Nächte wach gelegen und in mich hineingehorcht, ob ich doch auspacken soll. Meine Brüder tauchten in diesen Gedankenspielen kaum auf. Warum auch?

Arda hat sich immer nur für sich und seinen Fußball interessiert. Jetzt macht er sich fertig, weil er nie in der Liga der Besten spielen wird. Daran geht er zugrunde. Alles, was er tut, sind Ablenkungsmanöver. Niemand in der Familie hat jemals bemerkt, dass es so ist, aber der Fußball hat Arda kaputtgemacht. Nicht, weil er nach seinen Verletzungen seine Karriere begraben hat. Sein Untergang zeichnete sich schon ab, als er beim Bundesligaverein anfing. Von da an war Arda eine schwache Person. Er tat immer nur das, was man von ihm verlangte. Er folgte blind seinen Trainern und unserem Vater. Arda war ihre Marionette. Er ließ sich von allen an der Nase herumführen, trotz all der Allüren, die er sich mit der Zeit leistete. Selbst Oliver hat es geschafft, Arda zum Komplizen für seine krummen Geschäfte zu machen. Mein Bruderherz ist ein leichtes Opfer. Er sucht Halt, den wir ihm nicht geben können. Arda braucht professionelle Betreuung.

Als Kind hat Arda tagein, tagaus autistisch gegen den Ball getreten. Etwas anderes existierte in seinem Leben nicht. Ich bin mir nicht sicher, ob Arda jemals ein Buch zu Ende gelesen hat. Arda hat noch nie eine Beziehung gehabt. Unter Umständen hatte er noch nicht einmal richtig Sex. Vielleicht hat ihn mein Vater mit ins Bordell genommen, wer weiß? Als Arda einmal wegen eines Turniers in Rom war, wollte ich nach seiner Rückkehr wissen, wie ihm die Stadt gefallen habe. Er hat mit den Schultern gezuckt. Hätte der Verein nicht eine Stadtrundfahrt organisiert, hätte Arda in seiner freien Zeit einfach im Hotel abgehangen. Selbst wenn Arda an der PlayStation daddelte, war Fußball das Programm. Das ist gestört.

Fußball ist eine Störung, die nicht aus der Mode kommt. Fußballer sind eine Störung, Fans, Medien, alle – alle sind gestört. Heute denke ich so. Früher habe ich mir darüber keine Gedanken gemacht. Ich hoffte, Arda würde seinen Weg machen und uns allen würde es besser gehen. Arda aber glaubt, dass ich neidisch war, als es ganz danach aussah, dass er ein Fußballstar werden würde. Das ist Schwachsinn. Schon bevor er seine Fußballkrise hatte, habe ich ihm gesagt, dass ich ihn nicht beneiden und er mir manchmal sogar leidtun würde. Damals hat Arda mir das nicht abgenommen. Vielleicht sieht er das heute anders.

Arda wird es nicht packen. Ihm fehlt die Kraft. Arda lebte jahrelang in einem Kokon. Alles drehte sich um ihn. Ich habe noch die Ermahnungen meiner Mutter im Ohr, wir mögen doch bitte leise sein, weil Arda seinen Mittagsschlaf brauche. Schon klar. Die Arda-Manie hatte skurrile Züge angenommen. Irgendwann hatte meine Mutter angefangen, Weißbrot, Schafskäse und Oliven gegen Müsli und Sojadrinks in allen Varianten auszutauschen, weil Fußballer gesund frühstücken müssten. Arda wurde jeder Wunsch von den Augen abgelesen. Ein Glück, dass er nicht viele hatte.

Burak und ich waren meinen Eltern nicht gleichgültig. So weit ging es nicht. Wir liefen eher mit. Meine Eltern behaupten, immer für uns da gewesen zu sein. Sie vergewissern sich noch heute beieinander, dass sie nur das Beste für uns gewollt haben. Nachhilfeunterricht bezahlt zu haben, ist ihr Lieblingsbeispiel dafür. Gute Noten, guter Schulabschluss, Lehre, Studium – alles Gastarbeiterkomplexe! Ich bezweifle, dass es ihnen um unser Glück gegangen ist. Sie wollten etwas haben, womit sie prahlen konnten. Schaut auf unser Lebenswerk! Unsere Kinder haben es in Almanya zu etwas gebracht. Sie sind erfolgreich. Meine Eltern wollten keine glücklichen Kinder, sondern Ausstellungsstücke.

Sie konnten sich mit meinen Interessen nicht anfreunden. Als ich Saxofon spielen wollte, faselten sie irgendetwas von Nachbarn und Ruhestörung. Sie kamen sich nicht albern vor, mir einzureden, dass Saxofon kein Instrument für Mädchen wäre. Mein Interesse an Mode haben sie auch nicht ernst genommen, geschweige denn gefördert. Ich wollte auf eine Modeschule in Antwerpen. Ging nicht, weil zu teuer.

Burak hat ihren Vorstellungen systematisch nicht entsprochen. Er hat sich sein eigenes Leben gebastelt und gibt neuerdings den Teilzeitsohn. Er hat sich schön abgeseilt und schaut nur ab und zu bei unseren Eltern vorbei. Immerhin hat er meine Mutter neulich zu einem türkischen Konzert eingeladen, damit sie auf andere Gedanken kommt. Die anderen in der Familie glauben, dass Burak mit Monika eine glückliche Beziehung führt. Mag sein, dass ich mich täusche, aber es kriselt zwischen den beiden.

Wie es scheint, habe ich am Ende alles aus Bequemlichkeit für mich behalten, obwohl es sich nicht so anfühlt, wenn ich daran denke. Warum sollte ich mich in die Ehe meiner Eltern einmischen?

Vielleicht halte ich auch meine Klappe, weil ich weiß, dass meine Mutter die Wahrheit nicht verkraften würde. Jetzt sowieso nicht. Sie hat genug Strapazen, weil mein Vater ein Psychofall ist. Vor einigen Jahren habe ich in einem Club ein Plakat gesehen. »Im Bordell waren immer nur die anderen« stand darauf. Ich fand, Verlogenheit konnte man nicht besser auf den Punkt bringen. Woher hätte ich wissen sollen, dass ich einmal wegen meines Vaters daran erinnert werden würde?

Ich habe lange gebraucht, um damit abzuschließen. Aber wir sind keine Familie. Wie nennt man das, was wir sind? Ich weiß es nicht. Wir sind ein Nebeneinander von Individuen, die sich nicht viel zu sagen haben. Was mich bewegte, darüber habe ich kaum ein Wort verloren. Über mein Liebesleben habe ich schon gar nichts gesagt. Ich habe auch verschwiegen, wie schön es war, high bis zum Morgengrauen im Club zu tanzen, während mein Vater in der Psychiatrie war. Oder die ganzen Tinder-Nummern ...

Sollte das Gespräch mit der Existenzgründungshilfe nichts Konkretes bringen oder ich keinen Laden finden, ist für mich in dieser Stadt nichts weiter zu holen. Saskia – ich treffe sie jetzt öfter – hat mich kürzlich mit jemandem bekannt gemacht, er arbeitet in einem Pariser Modeatelier. Ich kann da ein Praktikum oder so etwas in der Art machen. Das ist nicht das, was mit vorschwebt, aber es wäre wieder einmal ein Einstieg. Außer Saskia und Giuseppe denken alle, ich würde hier schon irgendwie weitermachen. Aber mir reicht es. Ich will alles hinter mir lassen.

CHAOS UND KAMPF

Eigentlich dürfte inzwischen auch dem letzten Integrationsfetischisten und der letzten neurotischen Romantiksuse ein Lichtlein aufgegangen sein, dass die Dinge aus dem Ruder laufen. Das tun sie schon eine ganze Weile. Aber wen kümmert das? Die meisten schauen sich unbeteiligt den ganzen Shit an. Es geht ja nicht um ihre Pfründe. Es geht ja nicht um ihr verlogenes Heuchlerleben. Hauptsache Job und Kitaplatz eingetütet, der Rest ergibt sich schon. Zweimal im Jahr in den Urlaub verschwinden und alles hinter sich lassen, muss natürlich auch unbedingt drin sein. Sie sehnen sich nach einem Leben, bei dem man den ganzen Stress und Wahnsinn auf Knopfdruck ausknipsen kann. Tut mir leid, ist noch nicht erfunden worden. Sieht auch nicht so aus, als würde das demnächst als Patent angemeldet werden.

Ich meine, das ist doch ein einziger Bluff, dieses »Alles roger in Merkelland«. Angela macht die Raute, und fast alle denken: Alles gut, das Land ist in guten Händen. Wir werden gut regiert. Dass die Merkelraute für andere Länder ein Würgegriff ist, kümmert sie einen Scheißdreck. Was kommt dann? Einfach abwarten, was als nächstes passiert? Nein, das ist keine gute Attitüde. Action ist angesagt. Wer sich nicht einmischt, hat das Spiel schon vor dem Abpfiff verloren gegeben. Wozu sollte das gut sein, dieses teilnahmslose Dahinvegetieren?

Klingt das zu platt, miesepetrig, banal, von gestern, dogmatisch, unreflektiert, weltfremd? Okay, ich lass' mal das Allgemeine und die Weltlage sein und komme auf meinen Verein zu sprechen. Da hängen ganz schön viele Gestalten ab, die sich aufgegeben haben. Wenn ich ihnen ins Gesicht schaue, fühle ich mich an Mumien erinnert. Eine Lethargiearmee, die nicht mehr auf die Beine kommt. Rekruten in fremden Händen. Da betritt dieser Şefik Aslan die Bühne, wedelt mit ein paar Reinigungsgutscheinen, und schon besingen sie ihn im Chor. Geben ihm, was er haben will, und treiben nicht einmal den Preis in die Höhe. Was ist aus deren Stolz geworden, den sie sonst wie ein Mahnmal vor sich herschleppen? Wie verblendet müssen die ambitionslosen Opportunisten gewesen sein, um zu übersehen, dass der Typ Dreck an den Händen hat. Mit seinen Schmutzfingern konnte er gar nicht genügend Reinigungsgutscheine ausgeben, um sich reinzuwaschen. Wenn ich unserer Friedhofschwänzertruppe im fortgeschrittenen Alter das verklickere, kommt als Reaktion nichts. Zumindest nichts, das wert wäre, zitiert zu werden. Diese Machobrüder reden so einen Müll, dass man gar nicht weiß, wie man ihn entsorgen soll. Aber die Herren sind zufrieden mit sich, tätscheln ihre Wampe und grinsen sich den lieben langen Tag einen. Die hätten sich Aslan bedingungslos ausgeliefert. Die sind so leicht manipulierbar. Der musste ihnen nicht einmal die Raute machen.

Nur Komünist Yusuf hatte den Braten plötzlich gerochen. Er trommelte die Gripsfraktion im Verein zusammen, um dieser Kapitalistenfratze Şefik den Garaus zu machen. Er hat den Protest gegen den Saubermann initiiert. Ehre, wem Ehre gebührt. Als seine Initiative losging, war ich für zwei Monate in Lateinamerika unterwegs und dann auf einem Anti-Globalisierungs-Camp in Gran Resistencia. Kaum war ich nach einer elend anstrengenden Rückreise aus Argentinien am Flughafen gelandet, hatte ich eine Nachricht von Komünist Yusuf auf der Mailbox: »Muss dich dringend sprechen. Es geht um unseren Verein. Es geht um unser Leben.«

Komünist Yusuf ist unsere Drama Queen, immer ein Überschuss an Pathos inklusive. Trotzdem dachte ich: Was ist denn mit dem los? Ich war noch aufgewühlt von den bewegenden Eindrücken aus Gran Resistencia: gute Diskussionen, gute Pläne, ziemlich gute Aussichten. Der Neoliberalismus hat über viele Jahre versucht, aus jedem einen Unternehmer seiner selbst zu formen, wie es Achille Mbembe so treffend analysiert hat. Aber es wird bei dem Versuch bleiben. Dem Neoliberalismus ist sein Platz auf dem Friedhof der Gescheiterten sicher. Vielleicht nicht heute oder morgen, aber es wird so kommen. Bei seiner Beerdigung werden wir nicht dabei sein. Sollen doch die hingehen, die ihn zur Zauberformel ihres Lebens ausgerufen haben. Wenn sie Zeuge seines Ablebens werden, sollen sie schön unter sich bleiben. Gemeinschaftliches Trauern wird ihnen gut tun. Meine Genossen und ich werden stattdessen eine Party schmeißen, ohne uns selbst zu feiern. Denn wir haben den Stein nur ins Rollen gebracht. Die Vollstrecker waren wir nicht. Der Neoliberalismus hat sich den Strick selbst um den Hals gelegt, womit die Schuldfrage auch geklärt wäre.

Wie gesagt: Ich war noch voll im Anti-Globalisierungs-Modus, aber Komünist Yusuf konnte nicht mal abwarten, bis ich in Ruhe angekommen war. Jetlag, Schlafmangel, Ankommen, das sind fremde Welten für ihn.

Als wir uns im Florian zu einer konspirativen Unterredung trafen, fackelte Komünist Yusuf nicht lange: »Wir dürfen nicht zulassen, dass Şefik Aslan sich mit seinem Modell durchsetzt.«

»Meine Rede, schon länger. Ich bin dabei. Wenn du willst, bringen wir unsere Hood zum Beben.«

»Keine Eskalation. Keine Randale.«

Typisch Komünist Yusuf. Lange her, dass er das volle Programm gefahren ist. Der Mann ist in seiner demokratischen Bürgergesellschaft angekommen. Job, Ehefrau, drei Kinder, Eigentumswohnung auf Darlehen, da kannst du nicht davon ausgehen, dass er Radau für eine praktikable Lösung hält. Trotzdem kann man mit Komünist Yusuf politisch taktieren. Wir sind schnell konkret geworden und haben noch im Florian die Arbeitsteilung festgelegt. Ich übernahm die Mobilisierung im Kiez. Warum ich mir das aufgebürdet habe? Wen sollte man denn lieber mit einer solchen Aufgabe betrauen: einen abgehalfterten Altkommunisten oder eine aktive Bewegungslinke?

Am Ende konnte sich das Ergebnis unserer Mobilisierungsaktivitäten sehen lassen: Alle waren dabei, auf die es im Viertel ankam – vom Genossen Zafer bis zu Türk Richard. Bei so viel Power der Community war Şefik kurzerhand isoliert. Was sollte er tun? Mit Scheinen winken, wo wir ihm zu verstehen gegeben hatten, dass er seine Scheißkohle behalten soll? Da wirft der Speichellecker alles hin, weil er es mit uns nicht aufnehmen kann, und worüber reden die Vereinsmitglieder am Ende? Über Şefik Aslan als Opfer! Er hätte doch nicht wegen unseres Protestes hingeschmissen, sondern bloß, weil er seine Versprechen nicht eingelöst und der Nazi-Coach ihm die Sache vermasselt hätte. Das ist doch alles Bullshit. Das ist Ali-Baba-Talk. Diese devote Haltung schlägt mir auf den Magen. Wie kann man den eigenen Erfolg so mit Füßen treten?

Ich will Zombies wie Şefik Aslan nicht in unserem Revier haben, auch wenn er nur ein schwacher Abklatsch des Bösen ist. Er spielt nicht in der Liga der Großen mit, dort werden ganz andere Lieder angestimmt. Ich meine den Profifußball. Ihn haben die Großkonzerne, TV-Sender und Ölscheichs längst geschluckt. Ich bin Realistin: Die Pest breitet sich immer weiter aus, langsam aber sicher kommt sie auch im Amateurbereich an. Man muss sich ihr entgegenstellen, auch wenn da nicht mehr viel zu holen ist. Die Fußballverbände und ihre Funktionäre setzen ohne Rücksicht auf Verluste ihren Masterplan um. Sie wollen noch den letzten Cent mittels Vermarktung aus dem Fußball herauspressen. Big Business und Ausverkauf, das sind ihre Verheißungen. Natürlich nennen sie es selbst nicht so. Sie beschäftigen Hunderte von Beratern, die ihnen schöne Begriffe für ihre hässlichen Taten finden. Aber die können polieren und Feinschliff betreiben wie sie wollen, man schaut ihren Auftraggebern nur in die Fresse und bekommt eine Ahnung davon, was diese Typen im Schilde führen. Diese verdammten Altherren verscherbeln alles – wenn es sein muss, auch die letzte Unterhose aus dem Altkleidercontainer, die sie vorher als Zeichen ihrer Humanität da reingeworfen haben. Diese korrupten Kapitalistenärsche schieben sich gegenseitig Geschäfte zu, als wäre es das Normalste auf der Welt. Sie sind eine eingespielte Crew. Wahrscheinlich furzen sie nicht mal ohne Absprache und geilen sich noch daran auf. Dabei weiß doch jeder, dass sie ohne kriminelle Energie und Korruption ihre Bude nicht gemanagt kriegen. Kein Skandal kann sie dann erschüttern, ihr Handeln auch noch als demokratisch legitimiert darzustellen. Deren Demokratiegehabe ist eine zynische Farce.

Ich möchte nicht wissen, welche Absprachen im Vorfeld von WM-Vergaben getroffen worden sind und wie viel Geld geflossen ist, damit Katar, das mit Fußball so viel zu tun hat wie eine Diktatur mit freier Meinungsäußerung, den Zuschlag erhielt. Macht ja nichts. Dafür bauen die Herrschaften im Emirat Stadien mit Klimaanlage, weil bei 40 Grad im Schatten keine guten Fußballspiele zu erwarten sind. Oder sie verlegen das Turnier flugs in die Weihnachtszeit. Damit wir uns richtig verstehen: Weihnachten ist mir nicht heilig, das ist nicht mein Thema. Mich macht es wütend, dass die Versager von der FIFA schalten und walten können, wie es ihnen beliebt. Deren geliehene Devise lautet: The show must go on. Ich habe mit eigenen Augen in Brasilien gesehen, wie sie Favelas plattgemacht haben, damit ihr WM-Zirkus sich ausbreiten konnte.

Früher ging ich oft ins Stadion, erst 2. Liga, dann Bundesliga. Das hat bei mir früh angefangen. Mein Vater hat mich irgendwann mitgenommen. Für ihn war es pures Glück, dass ich Spaß daran hatte. Unsere Stadionbesuche waren Ferien. Mein Dad strahlte unentwegt, er schien jeden Stress in dem Moment abzulegen, in dem wir die Wohnung verließen und uns auf den Weg ins Stadion machten. Alle zwei Wochen war er für einige Stunden so etwas wie ein Traumvater. Mein Glück hatte aber auch profane Gründe: Es waren die Spezi im Sommer und der Kakao im Winter, die Stadionwurst und das schöne Gefühl, umgeben zu sein von so vielen Menschen, die eine gemeinsame Liebe teilten.

Wenn man heute zum Profifußball geht, wird man den Eindruck nicht los, dass man im Fernsehstudio eines Verkaufssenders gelandet ist. Die Ecken werden präsentiert von Unternehmen A, die Gelben Karten von Konzern B, die Halbzeitpause von Betrieb C. Das Alphabet hat gar nicht genügend Buchstaben für alles, was da beworben wird. Die Banden am Spielfeldrand rotieren so schnell, dass man unmöglich alles registrieren kann, was da angepriesen wird:

Ökostrom, Fastfood, Nudeln, alkoholfreies Bier, Bundeswehr, Versicherungen, Autoreifen, Sportschuhe, WC-Reiniger. Eigentlich fehlen nur Hygieneartikel für Frauen. Die Fans können kaum die aktuellen Farben ihrer Mannschaft erkennen, so voll sind die Trikots hinten und vorne mit Markenlogos. Bei einem der letzten großen Turniere ließ ein Spieler beim Torjubel seine Hose runter. Der TV-Kommentator schien dem Orgasmus nah und jaulte etwas in der Art »So sieht echter Jubel aus. Grenzenloses Glück.« Was kam hinterher raus? Der Spieler hatte die Einlage mit seinem Unterwäschesponsor abgesprochen und dafür extra kassiert. Der Lutscher verdient mehrere Mille im Jahr und lässt für die paar Zusatzkröten trotzdem die Hose runter. Kommerzialisierung des Fußballs, das klingt viel zu freundlich für das, was im Profifußball abgeht. Aber wer das anspricht, wird als Nörgler abgekanzelt. Dann schlägt einem ungefragt das geballte Fachwissen der anderen entgegen. Ohne strategische Partner – gemeint sind Unternehmen, Konzerne und Milliardäre –, ohne Einnahmen aus dem Marketing und ohne Fernsehgelder sei heute kein Verein mehr überlebensfähig. So ginge heute Fußball.

Inzwischen meide ich ihre verfluchten multifunktionalen Erlebnisarenen ohne Stehplätze, so gut es geht. Stehplätze bringen nicht genügend Kohle. Wer stünde denn da? Wahrscheinlich Leute, die die Fußballbosse nicht im Stadion haben wollen. Das liegt nicht daran, dass sie etwas gegen Fußballprolls haben, schließlich dulden sie die ja auch in den VIP-Logen. Der Stehplatzproll ist ein Ärgernis, weil er beim Stadionbesuch nicht genügend Geld dalässt und zu wenig für seinen Verein ausgibt. Ich frage mich, wer sich überhaupt noch regelmäßig einen Stadionbesuch leisten kann. Es wird nicht mehr lange dauern, dann schließen wir zu Ländern auf, in denen sich die Fans eine Dauerkarte auf Pump kaufen. Auch in Deutschland werden sich immer mehr Fußballanhänger verschulden, um ihre Mannschaft im Stadion anfeuern zu können. Das ist dann wohl »echte Liebe«. Alternativlos ist das nicht. Fans können der Fußballshow fernbleiben oder in eine Kneipe mit Pay-TV ausweichen. So oder so, es ist ihr Problem. Genau das denken die Fußballbosse und die Damen und Herren, die sich in den VIP-Zonen breitmachen. Mit denen werde ich keinen Frieden schließen. Sie schlürfen in ihrer Loge Sekt, führen Businesstalks und verfolgen mit einem Auge das Spiel auf Fernsehmonitoren. Wahrscheinlich ist ihnen der Abstand zwischen ihrer Loge und dem Spielfeld zu groß. Wenn man das Geschehen auf dem Platz verfolgt, fehlt zudem bei strittigen Szenen die Zeitlupe. In der Loge ist es kuschelig warm, auch dann, wenn sich draußen der Rest den Arsch abfriert. Die Yuppie-Kaste grenzt sich ab und findet es einfach cosy, dass sie unter sich bleiben kann.

Die Bundesliga boomt. Die Stadien sind rappelvoll. Einigen Bundesligaklubs geht es inzwischen so gut, dass sie internationale Topstars in die Bundesliga locken. Scheiß der Hund drauf, es ist einfach nicht mehr mein Spiel. Da helfen die selbsternannten Underdogs auch nicht. Gibt es die denn wirklich? Wenn überhaupt, dann führen sie sich als letzte Aufrechte in dem miesen Spiel auf. Täuschen einen eigenen Weg vor, dabei verkümmern sie auf dem Weg zum großen Geld in der letzten Reihe und lechzen danach, unverblümt mitzuverdienen. In Wahrheit sind sie nicht besser als die FC Bayerns, ManCities und Reals dieser Welt. Sie sind einfach weniger erfolgreich. Ansonsten machen sie alles mit, haben dabei nur ihren eigenen Stil. Das soll sie freikaufen? Warum eigentlich? Sie sind gefangen in der Vermarktungsmaschinerie Fußball. Sie preisen Fahnen mit Totenkopf statt mit Vereinswappen plus Logo des Hauptsponsors an. Ihre Fahne kostet vielleicht ein, zwei Euro weniger, das Bier in ihrem Stadion ist ein paar Cent günstiger als in anderen Spielstätten. Damit glauben sie, fein raus zu sein, diese Heuchler. Wer sich mal in einem Fanshop eines sogenannten nicht-etablierten Klubs verirrt, traut seinen Augen nicht. Da kann man alles käuflich erwerben – vom Babystrampler bis zur Urne. Hauptsache kaufen, egal ob es um Geburt oder Tod geht. Echter Fan ist man erst, wenn das Kind in einen Vereinsstrampler kackt und die eigene Asche in einer Todesdose in den Farben des Vereins aufbewahrt wird. Mehr geht doch kaum. Dabei wissen wir doch schon seit vielen Jahrzehnten: Es gibt kein richtiges Leben im falschen.

Die Fußballshowobsession ist pervers. Wer die Show stört, der muss von der Bühne abtreten. Tschüss und bye-bye! Dann diese Hysterie, wenn ein bisschen Pyrotechnik im Stadion abgefackelt wird! Funktionäre, Medien und Fans geraten außer sich und ereifern sich über diese »Chaoten«, die mit »Fußball nichts am Hut« hätten und die »wahren Fans« gefährdeten.

Mir geht es nicht um Gewalt. Ich frage mich aber, wer diesen »wahren Fans« eigentlich das Recht gibt, sich überhaupt zu solchen auszurufen. Eine Dauerkarte Bundesligaprimetimeshow kann jedenfalls nicht der Grund dafür sein.

Man könnte meinen, unser Verein sei da ein Rückzugsgebiet, aber so ist es nicht. Ich meine, wir haben kein Overkill an Marketing oder so. Außer ein paar Kleinunternehmen und türkischen Geschäften aus dem Kiez steckt niemand sein Geld in unseren Verein. Aber wenn sie kommen, dann wollen sie alles haben, so wie Şefik Aslan. »Schaut euch Hoffenheim an. Warum sollen wir das nicht auch schaffen? Meine Vision ist, dass unser Verein in fünfzehn Jahren in der Bundesliga spielt. Von dort in den europäischen Wettbewerb, das braucht dann keine zwanzig Jahre mehr«, fantasierte Aslan.

Was haben die Vereinsmitglieder getan? Sie haben frenetisch gejubelt. Die Schnauzbarthorde ist nicht mal auf die Idee gekommen, einen dezenten Hinweis auf den elenden RasenBallsport Leipzig zu geben. Jedes Vereinsmitglied sieht in sich einen Megafußballexperten und gescheiterten TV-Fußballkommentator, aber keiner hat Şefik die naheliegende Frage gestellt, wie er das machen wolle und was er damit bezwecke – sieht man mal von Komünist Yusuf, Zafer und mir ab.

Die Herren schaukeln sich gegenseitig hoch oder ziehen sich mit ihrer Melancholie und ihrem Sehnsuchtsshit runter. Wenn die sich im Vereinslokal um einen Tisch versammeln, Rakı trinken und Schafskäse aus der Dose futtern, dann muss nur einer eine sentimentale Silbe intonieren, schon wird in wenigen Minuten eine Jammererzählung daraus. Sie schauen sich mit glasigen Augen homoerotisch an und schwelgen in ihren Heldentaten, die Ewigkeiten zurückliegen. Hey, alte Schule, wie wäre es, sich mit der Gegenwart zu arrangieren?, möchte ich sie anschreien. Wenn man aber diesen Besitzstandswahrern nicht das Gefühl gibt, dass man ihr Spiel beherrscht, dann ist man Luft für sie. Hätte Komünist Yusuf mich angegraben, um Şefik Aslan gemeinsam in die Wüste zu schicken, wenn ich mir nicht vorher Respekt verschafft hätte? Pustekuchen. No fucking way.

Unser Verein wird noch immer von einer kleinen Schar von Gründungsmitgliedern und ihren Buddies dominiert. Die Macht liegt in den Händen der Ali-Ahmet-Brigade. Das ist bei uns wie bei der FIFA, im Kleinen zumindest. Ehrlich jetzt. Manchmal zieht sich diese Riege zurück, und man ist erleichtert, dass sie sich in Luft aufgelöst hat. Aber die Old Boys bleiben in Lauerstellung. Denn sobald sich abzeichnet, dass andere das Regiment im Verein übernehmen könnten, stehen sie wieder auf der Matte. Das war bei unserem Coup gegen Şefik Aslan auch so. Wenn wir mit dieser Clique nicht kooperiert und sie so auf unsere Seite gezogen hätten, wären wir gescheitert. Es ist ein bisschen wie tiefer Staat – so nennt es Komünist Yusuf. Die Ali-Ahmet-Riege hat einen Verein im Verein etabliert.

Unser vorletztes Präsidium wurde fast komplett von Migranten der zweiten Generation gestellt. Sie haben neue Anregungen eingebracht und sich wieder stärker im Kiez engagiert. Präsidiumsmitglieder waren auf Demos gegen Mieterhöhung und Zwangsräumungen. Dann noch dieses hammermäßige Statement: Ein deutsch-türkischer Verein verschreibt sich dem Kampf gegen Homophobie im Fußball! Das ist keine Kleinigkeit und auch kein Zuckerschlecken, so schwulenfeindlich wie der ganze Haufen im Verein ist. Dieses Engagement hat uns draußen viel Respekt eingebracht. Aber intern herrschte Titanic-Stimmung. Wahrscheinlich hat sich das damalige Präsidium mit dem Kampf gegen Homophobie das eigene Grab geschaufelt. So verlogen wie es in unserem Verein zugeht, hat es niemand auf der Mitgliederversammlung explizit angesprochen, aber seine Abwahl hatte keinen anderen Grund.

Damit das klar ist: Ich bin Fan und keine Vereinstussi. Deswegen halte ich mich aus dem Machtgeplänkel heraus. Ich ziehe nicht in jede Schlacht. Nur wenn es wirklich um etwas geht, steige ich in den Ring. Aslan hat das mitgeschnitten. Ich bin seit vielen Jahren Anhängerin unseres Vereins. Eigentlich lasse ich kaum ein Spiel aus. Selbst als wir gerade mal zehn bis zwanzig Zuschauer bei den Spielen waren, bin ich unserem Verein treu geblieben. Jetzt kommen ein paar Leute mehr. Richtig viele sind wir dennoch nie. Wenn der

Scheißerfolg ausbleibt, tun sich das nur die wenigsten an. Mir ist das gleich. Ich spüre keine Wut und keine Aggression, wenn unser Verein sechs Spiele hintereinander verliert. Klar bin ich enttäuscht, weil sich Siege besser anfühlen als Niederlagen, aber meine Enttäuschung hält nie lange an. Es reicht doch, wenn Milliarden von Menschen das Fußballspiel auf Sieg und Niederlage reduzieren. Ich werde das niemals tun.

Es gibt Wichtigeres im Leben, zum Beispiel den Abgesang auf den Neoliberalismus. Das kickt mich richtig.

VERLÄNGERUNG UND ABPFIFF

Niemand vor Ulrike hatte mir »The End« vorgespielt. Bis dahin kannte ich weder dieses Lied noch The Doors. Aber dank des bisschen Englisch, das ich in der kurdischen Provinzschule gelernt hatte, wusste ich wenigstens, dass »doors« Türen sind. Ein kluger Name für eine Musikgruppe, dachte ich in dieser Nacht, weil ich glaubte, das Versprechen der Band verstanden zu haben: Unsere Musik öffnet Türen. Mir hat das Lied eine neue Welt eröffnet. Ich weiß, The Doors nicht zu kennen, scheint unvorstellbar. Aber ich bin nicht nach Almanya gekommen, um Kenner der Rock- und Popmusik zu werden. Wer in Deutschland kennt Aram Tigran oder Mahmut Baran? So selbstverständlich ist es also gar nicht, dass Legenden einem etwas sagen – The Doors waren einfach an mir vorbeigegangen.

Diese kulturelle Lücke habe ich geschlossen. Vor drei Jahren habe ich sogar Jim Morrison in Paris geehrt. Zugegeben: Ich bin nicht wegen Morrison zum Père Lachaise. Aber für einen politischen Kurden gehört es zum Pflichtprogramm, dem Filmemacher Yılmaz Güney und dem Protestmusiker Ahmet Kaya die Ehre zu erweisen. Dieser Pflicht bin ich mit meinem Besuch des berühmtesten Friedhofs in Europa nachgekommen. Wie sehr ich inzwischen nicht nur Kurde, sondern doch von vielem etwas bin, habe ich daran gemerkt, dass ich jedem auf seine Art Reverenz erwies. Bei Güney summte ich die Melodie von »Ahmedo Roni«, dachte dabei an die großartige Szene in »Yol – Der Weg«, an den Moment der Freiheit, als junge Menschen in einem Dorf in Kurdistan des politischen Kampfes gegen die Unterdrückung wegen in die Berge reiten. Dieser Filmausschnitt hat sich in mein Gedächtnis eingebrannt. Das geht unzähligen Kurden genauso, bilde ich mir ein. Viele haben persönlich miterlebt, dass sich Menschen aus ihrem Umfeld für den politischen Widerstand entschieden haben. Andere brauchten diese Erfahrung mit Dritten erst gar nicht, weil sie selbst in den Kampf gezogen sind. Yılmaz Güney hat in seinem legendären Film all das vorweggenommen. An der letzten Ruhestätte von Ahmet Kaya sang ich leise das türkische Lied »Ağladıkça« und am Grab von Morrison »The End«. Es waren noch drei junge Amerikaner bei Jim. Sie rauchten Haschisch, tranken Rotwein und nahmen keine Notiz von mir. So haben sie nicht mitbekommen, wie katastrophal mein Englisch klingt. Denn eigentlich spreche ich gar kein Englisch, aber den Songtext von »The End« kenne ich auswendig.

Die Nacht, in der ich diesen Doors-Klassiker hörte, liegt viele Jahre zurück. Es war die Nacht vom 17. auf den 18. Mai 2000. Für viele Fußballfans aus der Türkei, egal ob Türken, Kurden, Armenier, Zaza oder Lazen, gilt der 17. Mai als historisches Datum, vor allem für die Anhänger von Galatasaray. Denn am 17. Mai des Milleniumjahres gewann der Istanbuler Klub als erster türkischer Verein einen europäischen Titel. Das ist aber nicht der Grund, warum Galatasaray bei uns Kurden so große Sympathien genießt – überhaupt hat das nicht wirklich sportliche Gründe. Es hat auch nichts damit zu tun, dass sich Galatasaray für unsere Belange eingesetzt hätte. Ganz und gar nicht. Galatasaray ist so populär, weil sich Öcalan vor vielen

Jahrzehnten als glühender Anhänger der Gelb-Roten bekannt hat. Seitdem heißt es bezogen auf diesen Traditionsklub: »Wir lieben dich. Noch mehr lieben wir jenen, der dich liebt.« Diese Parole war, soweit ich weiß, erstmals auf einem Banner im Stadion von Diyarbakır gesichtet worden, einer Arena, die ich sehr gut kenne.

Alle im Kiezverein erinnern sich an das Endspiel von Kopenhagen. Selbst Spieler der Jugendmannschaften, die damals noch gar nicht geboren waren, erzählen im Stil von Kommentatoren einzelne Spielszenen der Partie Arsenal London gegen Galatasaray Istanbul nach: In der Verlängerung fliegt eine Flanke in den Fünfmeterraum von Galatasaray. Die Arsenal-Flanke, von rechts perfekt getreten, findet Thierry Henry, der aus nächster Entfernung den Ball auf das Tor von Galatasaray köpft. Die meisten Zuschauer im Stadion Parken und an den Bildschirmen sehen den Ball schon im Netz. Dann aber geschieht das Unmögliche. Der Torwart von Galatasaray, Cláudio Taffarel, macht sich lang und länger und hält einen Unhaltbaren aus nächster Nähe. Noch heute schimpfen sie mit dem Stürmer Arif, der in der regulären Spielzeit, am Ende der ersten Hälfte, frei stehend vor dem Arsenal-Tor den Ball bekommt, mit links abzieht, obwohl doch jeder weiß, dass er den linken Fuß nur zum Laufen hat. Die Flüche über die vergebene Chance sind noch immer nicht verklungen. Keiner der Mannschaften gelingt es, ein Tor zu schießen, selbst in der Verlängerung nicht, sodass das Elfmeterschießen die Entscheidung bringen muss.

Ich weiß noch, wie sehr mir angst und bange war, als Ergün Penbe als erster Galatasaray-Spieler zum Elfmeterpunkt lief. Junge, verschieß bitte nicht, betete ich. Ergün hatte einen linken Fuß. Er war cool. Selbst in brenzligen Situationen behielt er Ruhe und Übersicht. Als er den Ball auf den Elfmeterpunkt legte, ein letztes Mal zum Schiedsrichter schaute, und die Fernsehkameras genau diesen Blickkontakt erwischten, konnte die ganze Welt sehen, dass Ergün kreidebleich war. Wie eine Leiche, schoss es mir durch den Kopf. Ich wusste zu gut, wie Leichen aussehen. Ergün traf. Am Ende versenkte Popescu als vierter Schütze von Galatasaray den Ball im Tor und schenkte seinem Verein den UEFA-Cup.

Nach dem Spiel zogen viele Menschen durch die Straßen. Ich schloss mich weder den Autokorsos noch den Schlachtrufen »Türkiye, Türkiye« oder »Verflucht sei die PKK« an. Aber trotz meiner politischen Bedenken, freute ich mich über den UEFA-Cup-Sieg. Auf dem Weg nach Hause entschied ich, noch ein Bier zu kaufen. Ich wollte, fernab der nationalistischen Ekstase, die draußen ausgelebt wurde, zu Hause alleine auf meinen Klub anstoßen. In einem Zeitschriften- und Tabakladen holte ich mir aus dem kleinen Kühlschrank zwei Flaschen Bier.

»Noch was vor heute oder warum so eilig?«, lächelte mich beim Zahlen eine junge Frau an.

Ich hatte mich unabsichtlich vorgedrängelt. Eigentlich wäre sie an der Reihe gewesen.

»Entschuldigung. Tut mir leid.«

»Das war aber keine Antwort auf meine Frage.«

»Was war deine Frage?«

»Ich fragte, ob du noch was vorhast.«

»Nein.«

»Sieht aber ganz anders aus«, sagte sie und deutete auf meine Bierflaschen.

»Ach, nur zwei Bier …«

Was danach geschah, ist mir nie wieder passiert.

Vor dem Laden verfingen Ulrike und ich uns in einem Gespräch.

Es fing damit an, dass ich mich verpflichtet fühlte, ihr zu erklären, warum im Minutentakt Autos an uns vorbeirauschten und deren Insassen laute Schlachtgesänge zum Besten gaben. Ulrike war verwundert über die türkischen Fahnen gewesen. Es war das erste Mal, dass türkische Fans in unserer Stadt auf diese Weise feierten.

Später folgten weitere Anlässe dafür: ein dritter Platz bei der Weltmeisterschaft 2002 in Südkorea und eine Halbfinalteilnahme bei der Europameisterschaft 2008 in Österreich und der Schweiz. Für uns Kurden aber waren Erfolge der türkischen Nationalmannschaft oder türkischer Klubmannschaften alles andere als Festtage. Sie beförderten nationalistische Aggressionen.

Ulrike und ich begannen, gemeinsam ein paar Schritte zu gehen. Mit meinen zwei Flaschen Bier in der orangefarbenen Plastiktüte ließ ich mich treiben, ohne zu wissen, wohin wir wollten. Ich ahnte nur eines: Die Leichtigkeit des Moments hatte weniger mit der Fußballsensation, als vielmehr mit der zauberhaften Begegnung mit Ulrike zu tun. Nach einer Weile setzten wir uns auf den Bordstein. Ich öffnete mit ihrem Feuerzeug beide Flaschen.

»Wie heißt du eigentlich?«

»Zafer.«

»Hat das eine Bedeutung?«

»›Zafer‹ heißt ›Sieg‹.«

»Das ist doch nicht dein Ernst.«

»Doch. Wieso?«

»Na, wegen des Sieges deiner Mannschaft.«

»Stimmt. Aber daran haben meine Eltern sicher nicht gedacht, als sie mir diesen Namen gaben.«

Später holte erst ich, dann Ulrike neues Bier. Wir quasselten ununterbrochen. Es war, als wollten wir uns gegenseitig alles ganz schnell erzählen. Ich hatte nicht die leiseste Ahnung, warum diese Nähe und Vertrautheit entstanden war, aber mit zunehmendem Bierkonsum wich meine Lust, darauf Antworten suchen zu wollen. So wie das Hupen der Autos und das Gekreische der Fußballfans, wollte auch unser Kennenlernen einfach kein Ende nehmen. Es waren so viele Menschen unterwegs, die die Nacht zum Tag machten. An die genaue Uhrzeit erinnere ich mich nicht mehr, aber es muss schon gegen zwei Uhr gewesen sein, als Ulrike aufstand und mir ihre Hand reichte, um mir aufzuhelfen.

»Komm.«

»Wohin?«

»Willst du noch länger hier sitzen? Ich dachte, dir ist die große Party zu viel.«

»Was meinst du genau?«

»Die türkischen Fahnen.«

Ich lächelte.

Ulrike tat es auch. Das Lächeln im Gesicht machte sie noch schöner.

»Und jetzt?«

»Wo wollen wir jetzt noch hin?«

»Weiß nicht genau. Vielleicht ...«

»Da du mich nicht zu dir eingeladen hast und es auch nicht so aussieht, als ob du es noch tun wirst, könnten wir zu mir gehen.«

Wir lagen nebeneinander in einem Raum, der Wohn- und Arbeitszimmer in einem war, nicht auf dem dunkelvioletten Sofa, sondern auf einem weißen Flokati, dessen Spitzen meine Ohren kitzelten. Ulrike hielt meine Hand, wir starrten an die Decke, glückstrunken. Alles drehte sich, so wunderschön, ich wünschte, es würde niemals aufhören. Ulrike drückte irgendwelche Knöpfe auf einer Fernbedienung, und dann setzte »The End« ein. Das Lied gefiel mir nach wenigen Takten. Es hatte etwas Friedliches in unserem Rausch. Ich glaube mich zu entsinnen, gedacht zu haben, dass ich so etwas noch nie gehört hatte. Ich frage mich, ob ich begeistert von »The End« war oder darüber, dass mich überhaupt ein Lied so sehr berühren konnte, ohne dass ich den Text verstand.

»The Doors sind zeitlos.«

Ich stimmte zu und war froh, Ulrike nicht fragen zu müssen, was wir hörten. Ich ließ ihre Hand nicht mehr los und glaubte, ihren Atem zu hören, was bei der lauten Musik völliger Unsinn war.

»Es ist ganz schön einfallslos, ausgerechnet ›The End‹ zu mögen.«

Ich war ein zweites Mal erleichtert. Ohne mein Zutun hatte ich den Titel erfahren. Wir hörten den Song in dieser Nacht in Endlosschleife unzählige Male. Irgendwann war ich eingeschlafen, obwohl ich mich lange dagegen gewehrt hatte, weil ich jeden Augenblick mit Ulrike genießen wollte. Am nächsten Morgen wachte ich gegen elf Uhr auf.

Ich wunderte mich, dass ich so tief und fest, ohne Albträume, ohne einmal wach geworden zu sein, geschlafen hatte, und das, obwohl ich getrunken hatte. Ulrike lag in eine Decke gehüllt neben mir. Sie musste uns zugedeckt haben, ohne dass ich irgendetwas davon mitbekommen hatte. Ich ließ Ulrike schlafen und schlich leise auf Zehenspitzen aus dem Zimmer. Im Flur fiel mir ein Ausstellungsplakat auf. Es zeigte eine Frau in einem rot-weiß-geblümten Mantel. Neben dem taubenfarbenen Telefon lag ein kleiner Notizblock. Ich zeichnete ein Herz darauf und schrieb meine Festnetznummer auf. Es waren Zeiten, in denen Handys nicht so verbreitet waren wie heute. Ich hatte zumindest keines. Vorsichtig zog ich die

Wohnungstür hinter mir zu und dachte: Doch, es ist möglich, in Almanya glücklich zu sein.

In den darauffolgenden Tagen eilte ich von der Arbeit direkt nach Hause und wartete darauf, dass Ulrike sich meldete. An den nächsten Wochenenden verließ ich meine kleine Wohnung nicht, in der Hoffnung, dass Ulrike anrief. Das tat sie nicht. Ich hatte ihre Telefonnummer nicht, sonst hätte ich mich höchstwahrscheinlich bei ihr gemeldet. Einfach bei ihr vorbeizugehen und zu klingeln, traute ich mich nicht. Ich war mir auch nicht sicher, ob ich ihre Wohnung wiederfinden würde. Den Straßennamen hatte ich mir nicht gemerkt. Aber selbst wenn dem so gewesen wäre, ich hätte nicht vor Ulrikes Haustür gestanden. Ich wusste ganz einfach nicht, was Ulrike die gemeinsamen Stunden bedeuteten. Vielleicht hatte ich mich grundlos in etwas hineingesteigert. Schließlich war nichts passiert, was Ulrike verpflichtet hätte, sich zu melden ...

Man muss mir meine Verzweiflung angesehen haben. Als ich Türk Richard beim Einkaufen begegnete, löcherte er mich, was mit mir los sei. Zuerst wiegelte ich ab, doch dann rückte ich mit meinem Kummer heraus. Ich konnte Türk Richard ansehen, wie verblüfft er war, etwas Persönliches von mir zu erfahren. So wie die meisten dachte wahrscheinlich auch Türk Richard, dass außer Kurdistan nichts in meinem Leben Platz hätte. Was für ein Unsinn! Aber verübeln konnte ich es ihnen nicht. Ich war und bin ein Eigenbrötler. Na ja, die meisten um mich herum sind das auch, aber nur die wenigsten sehen sich so.

Irgendwann verlor ich die Hoffnung, dass ich jemals wieder etwas von Ulrike hören würde. Da ihre Wohnung in einem anderen Stadtteil lag und ich nicht wusste, wo sie arbeitete und sich ansonsten aufhielt, standen die Chancen nicht sonderlich gut, dass wir uns einfach so über den Weg liefen. Andererseits könnte es doch geschehen – selbst in New York sollen Menschen einander unverhofft über den Weg laufen. Das hatte mir mein Cousin Cafer erzählt, der schon lange dort lebt. Obwohl unsere erste Begegnung zufällig gewesen war, wollte ich eigentlich nicht, dass es wieder so kam. Ich hätte es viel besser gefunden, wenn Ulrike den Kontakt zu mir gesucht hätte. So schwer es mir auch fiel, zwang ich mich, einen Schlussstrich zu ziehen und nicht weiter auf ein Zeichen von Ulrike zu warten. Hätte ich die Möglichkeit gehabt, wäre ich zu Cafer geflogen, um einfach weit weg zu sein und auf andere Gedanken zu kommen. Das war mir aber nicht möglich. Ich zermarterte mir mein Hirn mit verworrenen Gedanken, die mir nicht guttaten. Es fiel mir schwer, nicht an Ulrike zu denken und sie zu vergessen. Pausenlos stellte ich mir die Frage, warum das so war, obwohl ich nur einige Stunden mit ihr verbracht und neben ihr liegend »The End« gehört hatte. Ich hatte mir noch am 18. Mai, also am Tag nach unserer gemeinsamen Nacht, eine Best-of-CD von den Doors gekauft und hörte unser Lied.

Bis ich Ulrike wiedersah.

Nicht lebend, sondern tot.

Ihre Leiche war in das Bestattungsinstitut gebracht worden, in dem ich als Leichenwäscher arbeitete. Beim Anblick ihres Leichnams fiel ich augenblicklich in Ohnmacht. Als ich erwachte, reichte mein Chef mir wortlos ein Glas Wasser und eine Tablette. Er deutete an, dass ich sie nehmen sollte. Ohne an meine Tablettenphobie zu denken, schluckte ich die Pille. Er stellte mir keine Fragen, schickte mich nach Hause und gab mir ein paar Tage Sonderurlaub.

Die Geschichte mit Ulrike habe ich nie ganz überwunden. Mit der Zeit tat sie nicht mehr so weh, aber sie holt mich immer wieder ein. Das ist die dunkle Seite meines Lebens. Ulrike taucht zuweilen in meinen Träumen auf. Wenn ich irgendwo »The End« höre – ich selbst spiele es nicht mehr –, fühle ich mich zu unserer sonderbaren Begegnung zurückversetzt.

Als ich am Grab von Morrison saß, habe ich »The End« für sie gesungen und konnte noch immer keinen Sinn in ihrem frühen Tod erkennen. Wie sollte das auch gelingen, da ich sie gar nicht gekannt hatte und nicht viel über sie herausfinden konnte? Dass ich seitdem keine richtige Liebesbeziehung mehr mit Frauen eingehen kann, hat mit dieser Begegnung zu tun. Ich habe eine paranoide Angst vor Nähe.

Nur einmal wäre es mir beinahe gelungen, meine Furcht davor zu überwinden, auch das liegt in der Vergangenheit.

Ich kannte Angela schon länger, aber nicht besonders gut. Ich wusste, dass der Vater ihrer Tochter Kurde war, sie aber im Stich gelassen und sich in die Türkei abgesetzt hatte. Angela tauchte manchmal bei politischen Kundgebungen auf. Dabei bin ich mit ihr dann und wann ins Gespräch gekommen. Sie war anders und viel differenzierter als die meisten, mit denen ich über Kurdistan diskutierte. Angela verurteilte die Politik der PKK, gleichzeitig verteidigte sie aber das Recht der Kurden auf Selbstbestimmung. Das war verhältnismäßig progressiv.

Ich hatte mir angewöhnt, im Sommer nach der Arbeit im Bestattungsinstitut ins Freibad zu gehen. Mir war nach lebendigen Menschen. An einem dieser sommerlichen Nachmittage begegnete ich dort Angela. Sie fragte, ob es in Ordnung wäre, wenn sie ihr Handtuch neben mir ausbreiten würde. Was sollte ich dagegen haben? Zwischen unseren Handtüchern blieb nur ein schmaler Streifen Grün frei. Ich war versucht, etwas auszuweichen, aber das wäre unhöflich gewesen. Schon bald fiel mir auf, dass Angela ein gutes Gefühl dafür hatte, aufmerksam zu sein und mich gleichzeitig in Ruhe zu lassen. Sie las einen Wälzer von Salman Rushdie und erkundigte sich zwischendurch nach mir. Ich versicherte, dass alles bestens sei, und kam später ihrer Bitte nach, ihr den Rücken einzucremen. Das war mir ein bisschen zu intim, aber ihrem Wunsch nicht zu entsprechen, wäre auch unpassend gewesen. Viel lieber mochte ich es, mit ihr Schlange zu stehen, um Pommes frites zu kaufen, was, wie Angela mir eröffnete, ein Freibadritual in Almanya sei. Das war mir bis dahin gar nicht aufgefallen. Wir verließen an diesem Tag fast als Letzte gemeinsam das Freibad.

»Sollten wir wiederholen …«

»Meinst du?«

»Ja. War doch sehr nett mit uns.«

»Ich bin unter der Woche fast jeden Tag hier.«

»Es muss ja nicht immer Schwimmen sein.«

Wurde es auch nicht. Wir verabredeten uns zu allem Möglichen. Je besser ich Angela kennenlernte, desto mehr imponierte sie mir. Angela zog ihre Tochter allein groß. Sie war selbstbewusst und schien zu wissen, worauf es ankam. Das konnte man von mir nicht behaupten. Nach einigen Wochen, in denen wir eine sehr schöne Zeit miteinander verbracht hatten, stand die Frage im Raum, ob sich zwischen uns beiden mehr entwickeln könnte. Sie konnte mit einer Leichtigkeit über ihre Gefühle sprechen, wie es mir nie gelungen war. Angela wollte, dass wir alles einfach auf uns zukommen ließen. Ich konnte das leider nicht. Angela wollte verstehen, was mich hinderte, eine Beziehung mit ihr einzugehen, wie immer diese auch aussehen würde. Obwohl sie keine Forderungen und Bedingungen stellte, war ich nicht imstande, mich auf das Wagnis einzulassen.

Seitdem ihre Tochter im Kiezverein kickt und Angela sich im Klub engagiert, sehen wir uns wieder häufiger. Der Kontakt ist sowieso nie ganz abgebrochen. Ich hätte es durchaus verstanden, wenn Angela kein Interesse gehabt hätte, mit mir zu tun zu haben. Aber sie fand einen Weg, dass die gescheiterte Annäherung keine bleibenden Schäden zwischen uns hinterließ. Kürzlich haben wir abgemacht, uns zum Abendessen zu verabreden. Das kommt mir wie ein zweiter, verspäteter Anlauf vor, auch weil Angela mich wissen ließ, dass ihre Trennung von ihrem langjährigen Partner Jens mit unserem Rendezvous nichts zu tun hätte. Jedenfalls habe ich Angela fest versprochen, dass ich mich bei ihr melde. Sie hat mich gewarnt, keine Spaßbremse zu sein. Ich hatte nicht sofort verstanden, worauf sie damit hinaus wollte. Auf so ein Wort wie »Spaßbremse« können nur Deutsche kommen. Spaß, der mechanisch dosiert und durch irgendjemanden gebremst werden kann. Wenn man, so wie ich, gerne für sich ist, entwickelt man seltsame Marotten. Eine meiner ist es, mir Gedanken über deutsche Wörter und ihre Bedeutung zu machen. Über »Leidenschaft« habe ich schon sehr viel nachgedacht. Ich frage mich, was es wohl über Deutsche und ihre Sprache aussagt, wenn Vorlieben mit Leiden verknüpft werden. Wenn ein Junge im Kiezverein verkündet, dass Fußball seine Leidenschaft sei, meint er damit, dass seine Begeisterung ihn auch schmerzt? Gilt das auch bezogen auf Personen? Wäre es richtig, zu sagen: Ulrike war meine Leidenschaft?

Komünist Yusuf hatte herausgefunden, dass ich in der Türkei für Diyarbakırspor in der zweiten Liga gespielt hatte. Meine Familie war nach Diyarbakır gezogen, nachdem unser Dorf vom türkischen Militär in Brand gesetzt worden war. Meine Eltern hatten uns und ihre wichtigsten Sachen in einen kleinen Transporter gepackt und

Zuflucht in der größten kurdischen Stadt gefunden, die wir Amed nennen. Dort landete ich irgendwann bei Diyarbakırspor und wurde mit 18 Jahren Stammspieler. Gleichzeitig schritt meine Politisierung voran. Schon bald konnte ich das mit dem Fußball nicht mehr in Einklang bringen und entschied für mich, Konsequenzen zu ziehen. Ich sprach beim Präsidenten persönlich vor und bat um die Auflösung meines Vertrags. Er war nicht überrascht, aber enttäuscht. Seit einigen Monaten hatte es geheißen, dass Vereine aus der ersten Liga an mir interessiert wären, und er hatte die Möglichkeit gesehen, durch meinen Transfer an Geld zu kommen. Ich war jung, talentiert und konnte im Mittelfeld alle Positionen spielen. Einen eigenen Berater oder Manager hatte ich nicht, aber Verantwortliche bei Diyarbakırspor hatten mich beiseite genommen und mir zugeflüstert, dass sogar ein Istanbuler Klub unter den Interessenten sei. Unserem Präsident war nicht entgangen, dass ich zwar ein sehr guter Fußballer war und das Potenzial hatte, noch besser zu werden, aber nicht über den unbedingten Willen verfügte, den man braucht, um im Profigeschäft den Durchbruch zu schaffen. Ich hörte unserem Vereinsboss, von dem jeder im Klub wusste, dass er mehr oder weniger ahnungslos war, teilnahmslos zu. Es hieß außerdem, er habe es nur so weit gebracht, weil er schon vor seiner Wahl mit den türkischen Sicherheitskräften und dem Militär opportunistisch kooperiert habe. Diese hatten wohl auch die Finger im Spiel, als Diyarbakırspor während der Militärdiktatur per Dekret in die erste Liga aufgestiegen war. Nach seinem Monolog reichte ich dem Präsidenten die Hand und verließ erleichtert das Vereinsgebäude. Fußball war für mich Geschichte. Von nun an wollte ich meine ganze Energie für den politischen Kampf aufbringen.

Warum es mich nach Almanya verschlug, ist wiederum eine ganz andere Geschichte. Sie ist lang. Niemand außer den deutschen Behörden hat sich je dafür interessiert.

Als Komünist Yusuf mich aufsuchte, um mich als Spieler für den Kiezverein zu gewinnen, dachte ich zuerst, dass er ein Spitzel des türkischen Staates sei. Ich hatte niemandem in Almanya von meinem Vorleben als Fußballer erzählt. Woher wusste Komünist Yusuf, dass ich für Diyarbakırspor aufgelaufen war?

»Ich bin Fußballnarr.«

»Davon gibt es viele.«

»Aber nur wenige haben ihr Leben dem Fußball geopfert, Genosse.«

Ich mochte es nicht, dass Komünist Yusuf mich so nannte. Warum sollten wir Genossen sein? Nur weil er linke Folklore im Namen trug? Die türkischen Linken führen bis heute in ihrem Vokabular den Genossen. Wir haben ihn längt gegen »Heval« – Freund – ausgetauscht.

»Aber woher weißt du, dass ich bei Diyarbakırspor unter Vertrag stand?«

»Ich war neulich in Istanbul. Dort traf ich mich mit einigen Freunden zu Fisch und Rakı. Einer von ihnen war Sedat Yıldırım. Er schwärmte von dir als Fußballer. Sedat sagte, dass du schon länger hier lebst. Warum hast du nicht mal bei uns vorbeigeschaut?«

»Ich habe mit dem Fußball schon in der Türkei abgeschlossen. Meine aktive Zeit als Fußballer liegt inzwischen Jahre zurück.«

»Meine auch. Eigentlich lebe ich in Bayreuth, aber ich bin wegen der Familie für einige Monate zurück. Was machst du denn hier?«

»Arbeiten.«

»Und sonst? Ich meine, was tust du in der restlichen Zeit?«

»Politik.«

Das war eine verhängnisvolle Antwort. Wir tranken drei Kannen schwarzen Tee und sprachen fünf oder sechs Stunden über das Verhältnis der türkischen Linken zur Kurdistanfrage, die historischen Fehler auf beiden Seiten und darüber, ob und wie eine politische Lösung aussehen könnte. Zwischendurch glitten wir immer wieder in den Fußball ab. Es blieb nicht beim einmaligen Gesprächsmarathon, viele weitere folgten. Ich würde nicht sagen, dass wir uns anfreundeten, aber wir mochten es beide, unsere Standpunkte auszutauschen und den anderen von den eigenen Argumenten überzeugen zu wollen. Gemessen daran, wie viel Borniertheit und Ignoranz ich bei türkischen Linken erlebt hatte, war Komünist Yusuf eine Lichtgestalt. Er respektierte Argumente und reflektierte seine eigenen Positionen. Vor allem gestand er freimütig Fehler seiner »Genossen« ein. Ich fand, dass sein Spitzname nicht zu ihm passte: Er hätte schon damals Salonsozialist Yusuf heißen sollen. Das wäre viel passender gewesen. Wer Komünist Yusuf kennt, weiß um seine rhetorischen Fähigkeiten. Er ist charismatisch und eisern, wenn er andere überzeugen will. Ich könnte wetten, dass er eines Tages bei den Grünen einsteigt. Er bringt eigentlich alles mit, um bei denen zu landen. Er hat einen Migrationshintergrund, ist eine Größe in der Community und ein Ex-Linker, der sich von Gewalt und Dogmatismus distanziert.

Mich hatte Komünist Yusuf einige Wochen nach unserem Kennenlernen so weit, dass ich bereit war, an einem Probetraining im Kiezverein teilzunehmen. Meine Kondition war katastrophal, aber zu meiner Überraschung fühlte es sich gut an, wieder auf dem Rasen zu stehen. Ich hatte das Fußballspielen nicht verlernt. Drei Monate später stand ich in der Startelf des Kiezvereins, und Komünist Yusuf verschwand in die Provinz. Auch wenn ich es anfangs genoss, wieder in einer Mannschaft Fußball zu spielen, wurde mein Comeback schon sehr bald von Zweifeln überschattet. Ich war aus eigenem Antrieb vom Feld gegangen und hatte dem Fußball abgeschworen. Eine Verlängerung kam nicht infrage. Ich erklärte ein zweites Mal meinen Rücktritt, blieb aber dem Verein lose treu. Er bedeutet mir bei Weitem nicht so viel wie den meisten, die mit ihm zu tun haben.

Eigentlich hätte ich allen Grund, mit dem Verein endgültig zu brechen, aber es gelingt mir nicht. Dass ich dem Kiezverein noch immer verbunden bin, liegt an Personen wie Angela, Türk Richard, Andrea Engels und Komünist Yusuf. Viele andere im Verein betrachten mich noch immer mit Skepsis und Argwohn. Ich würde nicht ausschließen, dass der eine oder andere sogar Angst vor mir hat. Lange hielt sich das Gerücht, ich würde ihren Verein unterwandern. Was für ein absurdes Märchen.

»Wir sind eine der größten politischen Bewegungen in Europa, wenn nicht auf der Welt. Das hier ist ein kleiner Stadtteilverein«, habe ich einmal Komünist Yusuf gegenüber klargestellt, der die Besorgnisse anderer Vereinsmitglieder an mich herangetragen hatte.

»Das ist mir bekannt. Dennoch müssen wir sensibel sein. Unsere Mitglieder sind sehr empfindlich, wenn es um ihre nationalen Gefühle geht«, gab sich Komünist Yusuf verständig.

Mir bleibt es ein Rätsel, wie Komünist Yusuf den Spagat hinbekommt, mir gegenüber seine Solidarität mit dem kurdischen Volk gebetsmühlenartig zu bekunden und gleichzeitig hinzunehmen, dass die anderen mich diskriminieren. Sie nennen mich Kindermörder, dabei bin ich Leichenwäscher. Arda hat das oft getan. Ich wette, der Junge weiß nicht mal, wer ihn regiert. Er wird Angela Merkel kennen, aber ansonsten niemanden aus der Bundesregierung. Er hat außer Fußballnachrichten wahrscheinlich noch nie eine Zeile über die Türkei gelesen. Und so jemand beschimpft mich als Kindermörder! Ich habe das lange ignoriert, doch irgendwann wurde es mir zu viel und ich habe ihn zur Rede gestellt. Wie ein Kind hat er sich in Ausreden gewunden und alles abgestritten. Ich habe ihm zwei Backpfeifen gegeben. Seitdem hält er die Klappe.

Ich habe beharrlich versucht, mich konstruktiv im Verein einzubringen. Aber die türkischstämmigen Mitglieder im Verein drehen auch heute noch durch, wenn sie nur das K von Kurden hören. Nach außen geben sie sich als Musterbeispiel für Vielfalt und streichen Gelder für Integration ein, kommen aber nicht einmal mit mir klar. Für die war und bleibe ich der bedrohliche Kurde. Sie können sich untereinander spinnefeind sein, aber die Kurdenangst schweißt sie zusammen. Ihr Klebstoff ist der Fußball. Er schenkt jedem Einzelnen das Gefühl, Teil von etwas Großem zu sein. Selbst wenn du im Stadion in der Halbzeitpause ins Pissoir pinkelst, bist du umgeben von anderen, die das Gleiche tun. Oft genug bin ich gegen ihr Kurdenproblem angerannt.

Sich für die Rettung der Wale einzusetzen, ist für den Verein nicht nur einfacher, sondern auch lukrativer, als sich den Belangen der Kurden zu widmen. Ich habe ich mich längst daran gewöhnt, dass im Verein alles gemieden wird, was die kurdische Frage betrifft. Trotzdem werde ich mich damit nicht abfinden. Ich mag auch nicht mehr die Frage beantworten, ob ich die Aufnahmen aus einem PKK-Lager kenne, die zeigen, wie Abdullah Öcalan mit Guerillakämpfern Fußball spielt. Selbstverständlich habe ich sie gesehen, sie sind wahrscheinlich dreißig Jahre alt. Apo fordert und bekommt alle Bälle. Wenn er den Ball hat, braucht Apo nicht mal seine Gegenspieler auszuspielen, sie weichen ihm aus und lassen ihn ohne Gegenwehr

Tore schießen. Öcalan freut sich über jeden seiner Treffer, seine Mitspieler und Gegner auch. Mir hat das schon das erste Mal nicht gefallen, als ich die Aufnahmen gezeigt bekam. Aber warum muss ich das heute noch kommentieren? Es ist doch klar, was das ist.

So sehr ich unseren Kiezverein kritisiere, kann ich es doch nicht wehrlos hinnehmen, wenn Herrschaften mit gefülltem Portemonnaie wie Aasgeier über ihm kreisen. Deswegen habe ich die Initiative von Komünist Yusuf und den anderen gegen Şefik Aslan passiv unterstützt. Ironischerweise ist sein Abgang durch meinen Antrag zur Erweiterung der Tagesordnung bei der außerordentlichen Mitgliederversammlung ausgelöst worden. Ich hatte mich mit niemandem abgesprochen, fand es angesichts der Ereignisse im Gezi-Park aber selbstverständlich, dass wir die Versammlung zum Anlass nähmen, uns auszutauschen. Schließlich ist es eher selten, dass so viele im Verein zusammenkommen. Mein Antrag hat dann eine ganz eigene Dynamik entfaltet, in deren Folge Şefik Aslan das Weite suchte.

Nach der Mitgliederversammlung gingen Komünist Yusuf, Andrea und viele andere in einem griechischen Lokal feiern. Ich hatte keine Lust auf ein Besäufnis, in dem diese Tagessiegerfeier zwangsläufig enden würde. Selbst in unserem Kiezverein, der sich gerne als das verkannte Stiefkind einer Großfamilie sieht, geht es um Machtkalkül. Ich habe mich da nie so richtig reinziehen lassen, weil ich ohnehin kaum Unterstützer im Verein habe und außerdem nie gedacht habe, dass es sich lohnt, sich für ihn einzusetzen, weil der Kiezklub keine Perspektive hat. Seine Vergangenheit mit den Heldengeschichten der ersten Jahre bringt ihn noch immer zum Strahlen. Doch genau das ist sein Verhängnis. Die Geschichten werden aufgeregt weitererzählt, als seien sie erst gestern passiert. Der Blick in die Vergangenheit fällt vielen leichter als der Blick auf die Gegenwart.

Ironischerweise könnte der Verein von uns Kurden lernen. Unsere Geschichte hat uns gelehrt, an die Zukunft zu denken.

Gestern fuhr ich mit dem Taxi nach Hause. Gleich nachdem ich eingestiegen war, fragte mich der Fahrer, ob es mich störe, wenn das Radio laufe. Mir war es gleich. Nach ein paar Minuten sagte die Moderatorin »The End« an. Ich bat den Taxifahrer, den Sender zu wechseln. Er entschied sich für einen Nachrichtensender, auf dem eine Reportage über einen deutschen Entwicklungshelfer lief, der Kobanê besucht hatte und über das ungeheure Ausmaß der Zerstörung und die unvorstellbaren Herausforderungen des Wiederaufbaus der Stadt sprach.

Es ist nicht zu spät, noch mal neu anzufangen, dachte ich.

Niemand schreibt alleine. Danke und Respekt.

Manuela Bojadžijev, Raya Ayata, Bilgin Ayata, Hatun und Mehmet Ayata, Irmgard und Predrag Bojadžijev, Alice Gittermann, Jonas Lieder und dem Team von BALLHAUS WEST, İsmail Can Demirçivi, Neco Çelik, Toby Dope, Nora Haakh, Mayla Arslan, Friederike Harmsen, Ernest Hausmann, Stefan Müller, Sami Nasser, Kida Khodr Ramadan, Celal Sert, Hasan Taşgın, Paul Wollin, Tuncay Kulaoğlu, Wagner Carvalho, Fabian Langer, Shermin Langhoff, Susanne Gretter, Moritz Müller-Schwefe, Christoph Kind, Nikola Duric, David Wagner, Miraz Bezar, Moritz Rinke, Eylem Özdemir-Rinke, Muri Eren, Wolfgang Farkas, Joachim Lottmann, Fehmi Odabaş, Serdar Çakmak, Murat Doğan und allen anderen bei Türkiyemspor Berlin, Tanıl Bora, Tan Morgül, Eva Mair-Holmes und Trikont, Bülent Kullukçu, AYKU, Tekyumruk, Osman Tok, Mustafa Dok, Göknur Özkan, AYIK YALAN, Ulaş Şener, Claudia Liebelt, Astrid Schmidt, Michael Willenbücher, Ben Trott, Can Gülcu, Serhat Karakayalı, Massimo Perinelli, Jörg Sundermeier, Kristina Wengorz, Kristine Listau, Christian Walter und allen Verbrecherinnen und Verbrechern vom Verbrecher Verlag, Galatsaray Istanbul, dem 1. FC Union Berlin.

Tausend Dank an Zinedine Zidane für seine unvergessene fußballerische Poesie. Und unendlicher Dank an Metin Kurt, Predrag Pašić und Didier Drogba für die bleibende Erinnerung, dass Fußball mehr ist.

VERBRECHER VERLAG

Karsten Krampitz

WASSERSTAND UND TAUCHTIEFE

Roman

208 Seiten
Hardcover
19 €

ISBN: 9783957320131

In der DDR kannten die Menschen ein geflügeltes Wort: »Das interessiert mich so wenig wie die Wasserstandsmeldungen.« Hieß es doch in den Radionachrichten nach dem Wetterbericht immer: »Abschließend die Wasserstände und Tauchtiefen: ... Frankfurt/Oder 112 plus 5, Glugow 275 plus drei, Eisenhüttenstatt 237 plus drei ...«

»Wasserstand und Tauchtiefe« ist ein moderner Heimatroman aus der Endmoräne, ein Brandenburg-Opus, in dessen Mittelpunkt ein Vater-Sohn-Konflikt steht. Wir lesen von einer bizarren Geiselnahme, die sich über Monate hinzieht und von der Krankenkasse bezahlt wird. Mark Labitzke führt ein recht einseitiges Zwiegespräch mit seinem Vater, der nach mehreren Schlaganfällen sein Sprachvermögen verloren hat, nun muss er ihm endlich zuhören. Der einstige SED-Funktionär und Bürgermeister ist auf Pflege angewiesen und der Erzähler auf die Rente des Vaters. Zwei Männer – ein Konto.

»Wasserstand und Tauchtiefe« sind die letzten Nachrichten aus einem untergegangenen Land. Der Roman handelt von der Sehnsucht nach einer Heimat, von den radikalen Veränderungen der heutigen Arbeitswelt und vom Pflegenotstand einer immer älter werdenden Gesellschaft.

Das ist frech, das ist skurril und hat erzählerischen Drive. Dieser Roman ist also alles andere als eine langweilige Wasserstandsmeldung.
Carsten Wist / Antenne Brandenburg

Verbrecher Verlag | Gneisenaustraße 2a | 10961 Berlin | info@verbrecherei.de

www.verbrecherei.de